再回到10歲那一年

When I Am Little Again

波蘭兒童文學作家、教育學家
Janusz Korczak
雅努什・柯札克——著

陳柔含——譯

小樹文化
Little Trees

再回到10歲那一年

When I Am Little Again

作者：雅努什・柯札克（Janusz Korczak）｜譯者：陳柔含

出　　版：小樹文化股份有限公司

社長：張瑩瑩｜總編輯：蔡麗真｜副總編輯：謝怡文｜責任編輯：謝怡文

行銷企劃經理：林麗紅｜行銷企劃：李映柔｜校對：林昌榮

封面設計：周家瑤｜內文排版：洪素貞

發　　行：遠足文化事業股份有限公司（讀書共和國出版集團）

地址：231 新北市新店區民權路 108-2 號 9 樓

電話：(02) 2218-1417 ｜傳真：(02) 8667-1065

客服專線：0800-221029 ｜電子信箱：service@bookrep.com.tw

郵撥帳號：19504465 遠足文化事業股份有限公司

團體訂購另有優惠，請洽業務部：(02) 2218-1417 分機 1124

法律顧問：華洋法律事務所 蘇文生律師

出版日期：2024 年 12 月 4 日初版首刷

ISBN 978-626-7304-65-5（平裝）

ISBN 978-626-7304-64-8（EPUB）

ISBN 978-626-7304-63-1（PDF）

國家圖書館出版品預行編目資料

再回到 10 歲那一年……／雅努什・柯札克 (Janusz Korczak) 著；陳柔含 譯 -- 初版 -- 新北市：小樹文化股份有限公司 出版；遠足文化事業股份有限公司 發行，2024.12

面；公分

譯自：Kiedy znów będę mały

ISBN 978-626-7304-65-5（平裝）

882.157　　　113017467

First Published in 1925 in Polish under the title *Kiedy znów będę mały*

小樹文化官網　　小樹文化讀者回函

目錄

【編者的話】

穿越回10歲的時光，找回對孩子的同理心

你有沒有在生活過得很糟的那瞬間，想著：「如果能再回到童年時期，該有多好呢？」「當個小孩一定比較開心。」「好想回到小時候……。」

我就曾經想過，當生活充斥著壓力、找不回那真心的快樂時，就會想回到記憶中的童年時光。

但是，童年真的如想像中那般美好嗎？這個問題，就是波蘭兒童文學作家、教育學家雅努什．柯札克寫下《再回到10歲那一年》的核心。

在這個故事中，作者化身為書中主角，穿越回到10歲的那一年。在他的想像中，童年應該都是美好的，擁有無數天真幻想、有爸爸媽媽的陪伴與照顧、有無憂無慮的時光。

沒想到，剛回到10歲的第一天，作業就被同學搶去抄，只能擔心害怕會被老師發現、懲罰；在走廊上開心的奔跑，卻不小心撞到校長，不僅被罵了一頓還要叫媽媽來學校談

話；上課時不小心神遊外太空，卻被老師叫起來罰站；想要幫一隻流浪狗、想要出門看熱鬧，得到的回答只有「不行、不行、不行」……。

作者透過一個又一個校園、家庭裡的真實場景，讓讀者回到那小小的身軀裡，一起體會當孩子的內心感受。我們會發現，成為大人後，忘記的不只有孩提時代的快樂與夢想，也忘了被大人們粗心對待時的難過與悲傷。而被剝奪的童年喜樂，繼續造就一個又一個不快樂的大人。

讓我們蹲下來，好好了解孩子的內心想法

這本書不僅僅是給孩子的幻想故事，更是一本給大人的提醒之書。孩子們小小的，他們缺乏力量、缺乏知識，是因為他們還在成長。但是，孩子有著天生的喜樂與創造力，他們感受到的或許比我們這些成人還要多。

這些珍貴的感知能力，值得我們細心呵護。當我們可以蹲下來，耐心傾聽孩子的話語、理解他們的內心想法，才能讓孩子長大以後，成為更好、更快樂的大人。

致成人讀者：

你說：「跟小孩互動很累。」

你說得沒錯。

你說：「因為我們要配合他們的理解力。要降低、低頭、彎腰、蹲下。」

但你誤解了。

累的不是這個，而是我們必須拓展出像他們那樣的感受——是我們要拓展、拉伸、踮著腳尖。

這樣才不會傷他們的心。

致小小讀者：

這個故事沒有令人興奮的情節，這是個嘗試探討心理的故事，但不是拿狗做實驗的那種心理現象，甚至跟狗沒有任何關係，只跟一隻叫做派奇的狗有關。

心理（psyche）在希臘文是「靈魂」的意思，這本書所寫的都是人的靈魂活動，也就是人的思想和感受。

1 在我許下願望之前……

故事是這樣的……

我躺在床上，不是在睡覺，只是在回想小時候的事情。那時我經常思考，等我長大要做什麼。

我想像了各式各樣的事情……

等我長大，我會幫爸爸媽媽蓋一間房子。我會建造一個庭院，還會種花。如此一來，某些花凋零的時候就還有別的花會盛開。

我也會買一些書，裡面有圖畫；或是更好，裡面沒有圖畫，因為那些書很有趣。

我還會買顏料和色鉛筆，我要畫圖、上色，把見到的一切都畫下來。

我會仔細整理庭院，在裡面搭一間涼亭。我會在涼亭裡放一張凳子和一張扶手椅，讓野葡萄蔓生攀爬到涼亭上方；等爸爸下班回家，他就可以舒服的坐在蔭涼的地方，戴著眼鏡看報紙。

媽媽會養雞，我會把鴿舍用高高的柱子立起，以免被貓或其他有破壞力的動物入侵。我還會養兔子和喜鵲，並教牠們說話。

我還會養一匹小馬和三隻狗。一開始我想養三隻狗，之後再養第四隻，我連牠們的名字都想好了。或者，就養三隻狗吧，我們一人一隻，我的狗要叫畢卡，媽媽和爸爸的狗就讓他們自己決定。

媽媽會有一隻適合養在室內的小狗；不過，如果她比較想養貓，她也可以養貓。這些動物彼此都相處得很好，牠們會用同一個碗吃飯，狗的脖子上會繫著紅色緞帶，貓的則是藍色緞帶。

有一次，我還跑去問媽媽說：「媽媽，狗戴紅色緞帶比較好，還是貓呢？」媽媽回答說：「你又把褲子弄破了。」當我這樣問爸爸：「老人坐著的時候，腳下都要踩著凳子嗎？」他回答：「學生應該要好好念書考高分，不該在角落罰站。」嗯，那次以後，我就不再問問題了，而是試著自己想答案。

也許我會養獵犬。我會去打獵，把所有獵物帶回家給媽媽。我甚至會捕捉野生動物，不過不要自己一個人去，而是跟朋友一起。到時候，我的朋友也長大了。

我們會去游泳，還會造一艘船。如果爸爸媽媽想要，我可以划船載他們。

我還會養很多鴿子，我會寫信，讓鴿子幫我送信，牠們就是我的信差。

牛也是。我覺得一開始養一隻就夠了，以後再養第二隻。因為養了牛，我們就會有牛奶、奶油和乳酪。然後雞會下蛋，以後還會有蜂窩，我們就有蜜蜂和蜂蜜了。媽媽會做梅子果醬請客人吃，也足夠我們吃一整個冬天；她也會做柑橘果醬。

然後，我們家附近會有一座森林。我會去森林待一整天，帶上我一整天要用的東西。我要去採漿果、野草莓，還要採蘑菇。我們會把蘑菇晒乾後吃。

我會砍很多木材來過冬，這樣我們就可以過得很溫暖。

我們會挖一口很深的井，直接取用清澈的地下水。

不過還有很多東西要準備，像是衣服和鞋子。到時候爸爸就老了，沒辦法賺很多錢，所以就要換我賺錢了。我會備好馬匹，帶蔬菜水果到市集；我會把所有要賣的東西都帶去。

然後，再把家裡要用的東西帶回來。我會在市集好好殺價，用便宜的價格買東西。或者，我會用籃子裝蘋果，坐船去很遠的地方。氣候溫暖的國家有無花果、棗子和柳橙，那裡的人一定都吃膩了，他們會想跟我買蘋果的；我也會買他們的水果。我還會帶一隻鸚鵡、一隻小猴子和一隻金絲雀回家。

我不知道自己是不是真心相信這些事情，但是想像這些讓我覺得很開心。

有時候，我連我們的馬會是棗紅色還是黑色都想好了，因為我會在某個地方看見馬，接著心想：「噢，等我長大就要養這種馬。」然後，我又在別的地方看見不一樣的馬，心想：「不，這種馬比較好。」或是這樣想：「就養兩匹吧，這種和另一種各一匹。」

有時候，我也會想像完全不一樣的事情：我會成為老師，找來所有人，告訴他們：「你們要蓋一間好學校，一間寬敞的學校，不然學生就會撞到別人、踩別人的腳、推來推去。」

我會問來學校的小朋友：「猜猜我們要做什麼？」其中一個人會回答：「去野餐。」另一個人會說：「我們要去溜滑梯。」還有各種回答。接著，我會告訴他們：「不是，那些我們都會做，但是這件事更重要。」他們會安靜下來，我繼續說：「我要幫大家蓋一間新學校。」

然後，我就想像自己遇到各式各樣的困難，例如學校在快要蓋好時突然倒塌，不然就是燒毀，所以得再蓋一次。不過，我也會因為不甘心，而蓋出一間更好的學校。

我總是用遇到困難的角度來思考事情。如果要搭船去某個地方，我就會想像自己遇到暴風雨；如果負責某一件事，那麼一開始一定不順利，最後才會成功。

要是一開始就很順利的話，就太無聊了。所以，我們學校旁邊有個溜冰場，還有很多照片、地圖和填充玩偶，以及很多體育課要用的器材。

快要放假的時候，小朋友會聚集在校門口大喊：「拜託，工友叔叔，我們不想放假，我們想要上學！」工友會勸他們，但是沒有用。而我會坐在辦公室，不知道發生了這樣的事情，因為我在寫報告……直到工友來找我。他會先敲門，接著進來說：「先生……」並且告訴我：「打擾了，先生，小朋友都在抗議，他們不想放假。」我會回答：「沒關係，我馬上過去安慰他們。」我走出去，一邊覺得好笑。我一點都不生氣，我對他們說：「放假就是放假，老師也要休息啊，你們都知道，老師累的時候會發脾氣，還會吼你們。」

他們會勉強聽從我的建議，決定還是要來學校，不過只會到遊戲區。他們要在那裡玩耍，而且會遵守秩序。

我在長大的過程中有各式各樣的夢想。有一次，我覺得以後只會有我們三個人——爸爸、媽媽和我；但是有一次，我覺得我會有一位太太，而且不跟爸爸媽媽一起住。要跟爸爸媽媽分開很可惜，所以我們還是會住在同一棟房子裡，只不過我會和他們住在不同邊——爸爸媽媽住一邊，我和太太住在另一邊。或者，我也會想要有兩棟相鄰的小房子，因為年紀大的人都喜歡安靜，這樣他們吃過晚餐、開始打盹時，我的小孩就不會吵到他們。你也知道，小孩都會跑來跑去、又叫又跳，他們會大吼，發出很多聲音。

有關小孩的事，我沒辦法想得很清楚，因為我不知道我只想要男孩，還是也想要女孩。還有，要讓男孩當老大，還是女孩呢？

我的太太可能會是個跟媽媽很像的人，至於小孩，我就不知道了。我希望他們好動還是文靜呢？我該允許他們做哪些事情呢？嗯，他們不可以亂動別人的東西、不可以抽菸和罵髒話，也不可以打架或吵架。

要是他們真的打起架來，或是不想遵守規定、惹了麻煩，我該怎麼做呢？他們該長得比我高嗎，還是比我矮呢？我想了好多問題。

我曾經想要長得和麥可一樣高大，後來想要像科特那樣，或是跟爸爸一樣。然後，我又想永遠保持高大的樣子，但是想想又覺得只要體驗一下子就好，因為或許一開始感覺很不錯，但我應該又會想變矮。

我想啊想，想到我真的變成了大人。我有了手錶和鬍子，還有一張附抽屜的書桌——簡單來說，就是大人有的東西我都有了。而且，我還真的成為了老師。

不過我並不快樂，一點也不快樂。學校裡的學生上課不專心，我也總是在生氣。我有很多煩惱，我的爸爸媽媽也都過世了。

那好吧，現在我要開始往反方向想。

「如果能回到小時候，我會做什麼呢？」不要回到太小的時候，要能上學，再跟朋友一起玩。要是能某天醒來突然發現：「怎麼回事？我在做夢嗎，還是這是真的？」這樣就好了。我會看著雙手，感到訝異；我再看看衣服，感到更加訝異；我跳下床，跑到鏡子前面：「怎麼回事？」

這時候，媽媽會問我：「你起床了嗎？快點穿好衣服，不然上學就要遲到了。」

如果我能回到十歲，我希望可以記得我現在知道的所有事情，但是我不希望被任何人發現我曾經長大過。我會假裝沒發生過這件事，我就跟其他的小男孩一樣，有爸爸、媽媽，平常會上學，這樣就太棒了。我會默默觀察一切，而且沒人發現一定會很好笑。

於是，我躺在床上——不是在睡覺，而是在做白日夢。

「要是早一點知道，我就不會想長大了。大人都不快樂，當小孩好過一百倍。大人根本不能想做什麼就做什麼，比小孩還不自由，擔憂和責任還更重，也有更多傷心的事。和小孩相比，我們不常有快樂的想法，也不再哭了——這倒是真的——不過大概是因為沒有事情值得哭，我們只會深深嘆一口氣。」

想到這裡，我嘆了一口氣。

深深嘆一口氣。真是太悲慘了，無可救藥。

沒人能幫我，我再也無法當小孩了，惋惜也沒有用。

我嘆氣的時候，房間突然變得非常陰暗，我什麼都看不見，只有隱隱約約的煙霧飄在空中，我的鼻子也痛了起來。接著，房門突然發出吱嘎聲，嚇了我一跳。我的房間忽然出現一個小小的光點，就像一顆星星。

「誰啊？」

那顆小星星滑過黑暗，離我愈來愈近。它來到我的床邊，接著突然出現在我的枕頭上。

我看過去，是一盞小提燈，而且有一個小小人站在我的枕頭上。他留著白鬍子、戴了一頂紅色高帽。這麼說，他是精靈呢！只不過他非常小，跟我的小指一樣。

「我來了。」他笑著等我說話。

我也露出微笑，因為我以為我在做夢。大人有時候也會做小孩的夢。

小精靈說：「你呼喚我，所以我就來了。你想要什麼呢？快點想吧。」

他發出的不是說話聲，而是像小鳥那樣的啾啾聲，不過更輕柔。我聽得很清楚，也聽得懂。

「你呼喚了我，」他說，「現在你卻不相信。」

他開始甩動小提燈，左邊、右邊、左邊、右邊。

「你不相信。」他說，「以前的人都相信魔法，但現在會相信魔術師、神仙教母和小精靈的，只有小孩了。」

他甩著提燈並點點頭，我怕得不敢動。

「告訴我你的願望，你想要我幫你實現什麼？試試看啊，你有什麼損失嗎？」

我動了動嘴唇準備問他，但是他已經猜到我要說什麼，他早就知道了。

「我是被你用渴望的嘆息聲召喚來的。大家都以為要用魔咒召喚、要用特殊的字句。不，不，一點也不。」

他搖搖頭，把重心放在一隻腳上，再移到另一隻腳，模樣看起來好好笑，而且他的提燈也從右邊甩到左邊。我感覺我快要睡著了，但是我把眼睛張大，讓自己清醒，不然我會後悔。

「你看看，」小精靈說，「你真固執啊！快點，不然我就要走了，我不能久留，到時候你會後悔。」

我想說點什麼，說一個字，或是問候的話也好，但我說不出口。

或許現實生活中也是這樣，當你只是想說點什麼的時候，很容易就能說出來，但是當你太過想要，這件事情就變難了。

我發現精靈露出擔心和發愁的模樣，我為他感到難過，但是我連一個字都吐不出來。

「好吧，這下你可以放輕鬆了，只是有點可惜而已。」

接著他準備離去。而就在這個時候，到了這個時候，我才說出口，聲音又輕又快。

「我想要回到十歲的時候。」

他轉過身來。轉身的時候，小提燈直接照向我的眼睛，讓我看不清楚。他也說了一些話，但我沒有聽見，也不知道他是怎麼離開的。不過早上醒來時，我還記得這一切。

我仔細查看房間。不，不，我不是在做夢，這真的發生了。

2 回到10歲的第一天

我沒有告訴任何人我曾經是個大人，我假裝自己一直都是小男孩，然後看接下來會發生什麼事。這件事情對我來說既奇怪又好笑，我觀察周遭的一切，靜靜等待。

我假裝不會，等著媽媽為我切麵包。媽媽問我有沒有寫作業，我說有，但其實根本不知道有沒有寫。

一切都像童話故事《睡美人》一樣，不過可能更糟。因為故事裡的公主睡了一百年，其他人也在同樣的時間睡著，並且一起醒來，就連廚師和蒼蠅都在同樣的時間起床——所有人，就連火爐裡的火也睡著了。他們睡醒的時候就和剛睡著時一樣，但是我呢？醒來時卻完全變了一個人。我望向時鐘，但是馬上就把視線移開，以免露出馬腳——也許其他小孩不知道怎麼看時鐘。

我想著有關學校的事，猜想那裡會是什麼樣子、會遇見什麼樣的朋友。他們會注意到什麼嗎？他們會猜到我在很久以前已經上過學了嗎？我知道我要去的學校是哪一間、在哪條路上，這種感覺真奇怪。我連自己的班級在一樓都知道，而且我的座位是窗戶旁邊的第四個，坐在我旁邊的是加耶斯基。

我走路上學，確切來說是大步前進。我甩動手臂，感覺輕盈又放鬆，跟我當老師的時候相反。我東張西望，手撞到了一個金屬告示牌，但是不知道自己為什麼會這樣。天氣冷得讓我呼出的氣息都凍結了，於是我刻意呼氣，弄出一團霧氣。我想起我會吹口哨，就像火車鳴笛那樣；我會吐出霧氣，而且跑得很快，但是我好像覺得做這些事情很丟臉。為什麼呢？這就是我想要再回到十歲的原因啊，我想要快樂。

可是你不能馬上就做十歲小孩會做的所有事情，你必須先觀察、預先準備，或許之後……。

男孩和女孩走路上學，路上還有一些大人，我認真看誰比較快樂。這群人很安靜，那群人也是，不過他們不能在街上過得太開心，也沒有時間放鬆。但是對我來說就不一樣了，這是我回到十歲的第一天，所以我覺得很開心。

不知道為什麼，我還有一種很奇怪的感覺，好像我在害怕什麼。不過這沒什麼大不了的，第一天大概就是這樣，之後就會習慣了。

直到我看見一輛大馬車，馬似乎拉不動——一定是馬蹄鐵有問題，因為那匹馬一直打滑。幾個男孩站在一旁看，我也朝那匹馬走去。

「牠到底要不要走啊？」

我搓搓耳朵，用力跺凍僵的腳；我希望那匹馬前進……沒看到結果就要離開，讓我很不情願。觀看這種事情一向很有趣，說不定那匹馬會跌倒——這樣的話，馬車夫要怎麼辦呢？如果我是大人，我就會漠不關心的走過去，大概不會注意到這件事。但因為我是小孩，這對我來說就很有趣。我發現大人都會把我們推開，因為妨礙到他們了。他們為什麼總是這麼匆忙呢？

嗯，結果什麼事也沒發生，最後馬車開始前進，我也抵達了學校。我把外套掛在壁櫥裡，同學說維斯杜拉河[1]結冰了。

1 波蘭境內最長的一條河流。

「昨天晚上。」

但有人表示這不是事實，於是他們吵了起來。他們不是真的在吵架，只是在鬥嘴。其中一個人說：「你們看看這個傢伙！才剛降到零度就說河結冰了，要不要乾脆說還有浮冰呢？」

「當然沒有！」

「噢，你弄錯了啦！」

又有幾個人加入了他們的行列。大人大概會說他們在吵架，這樣說也對。一個人說：「你瘋了。」另一個人說：「笨蛋。」他們從維斯杜拉河講到雪，到底會不會下雪呢？某個人說，如果煙囪冒出來的煙是直的，就不會下雪；另一個人說，看麻雀就可以預測會不會下雪；又有另一個人說，他看了氣壓計[2]。然後又是一陣：

「你瘋了。」

「你也沒有比較聰明。」

「你亂說。」

「你才亂說。」

不是每個人都加入戰局，有的人只是站在旁邊看。我也在一旁聽他們爭執，我想起大人經常在咖啡廳吵架——吵的不是下不下雪，而是政治。簡直一模一樣，連說話的方式都一樣：

「我賭總統不會下台。」

而孩子們則說：「我賭不會下雪。」

大人們不會說「你瘋了」或「你亂說」——他們吵架的方式比較文雅，但是也很大聲。

我站在那裡沉思，這時科瓦斯基衝了進來。「喂，你有寫作業嗎？借我一下好不好？我會自己抄，昨天有人來我們家，老師說不定會檢查。」

我什麼都沒有說。我打開書包、往裡面看，這個書包彷彿不是我的，而是另一個同學的——他幫我寫了作業。

這時候，鐘聲響起，科瓦斯基沒有等我答應，就一把拿走我的作業本、衝回他的座

2　量測氣壓的儀器，可以透過氣壓變化預測天氣。

位。這時我突然想到，如果我的作業也是抄來的，老師說不定會發現我們互相抄作業，還會認為是我先開始的。這樣一來，她就會把我叫到角落、用棍子打我。

想到自己可能會站在角落，就覺得很好笑。維斯涅夫斯基問：「你在笑什麼？」

「我想起了一件事。」我說，然後繼續笑。

「蠢蛋，」他說，「不知道原因還一直笑。」

「隨便你怎麼說，」我回他，「說不定我知道，只是不想告訴你。」

「有祕密了不起喔？」他回嘴，接著就走掉了。

我很驚訝我竟然知道他們所有人的名字。

這時老師進來了，而科瓦斯基還沒把作業本還給我。我悄悄叫他：「科瓦斯基，科瓦斯基！」但是他沒有聽見，或是裝作沒聽見。老師說：「你為什麼動來動去？安靜坐好。」

我心想：「嗯，這麼快就被老師罵了。」

我靜靜坐著，因為我沒有作業本。我躲藏在坐我前面的男孩身後，然後看著辦。我有點害怕，這種害怕的感覺並不好受。如果我是大人，我就不會害怕，誰也不准抄我的作業。但因為我是學生，朋友向我借作業，我就沒辦法拒絕了，不然他馬上就會說我難相處又自私。他會罵我，說我想當唯一被老師稱讚作業寫得好的人。

我大概會成為班上最優秀的學生，畢竟我已經畢業過了。有些東西我忘記了，但是重新記起學過了些什麼，跟重新學一次很不一樣。

老師在講解文法，但我已經會了。她要我們寫句子，我一下子就寫完了。我坐著，老師發現我閒閒沒事，便問我：「你怎麼沒有寫呢？」

「我已經寫完了。」我說。

「那給我看你寫的東西。」她說，但聽起來似乎一點耐心也沒有。

我當老師的時候，不喜歡學生提早完成我要他們花一整堂課完成的練習。因為老師要學生練習的意思，就是想要輕輕鬆鬆等下課鐘響，要是學生寫太快，就會惹上麻煩。

於是我站起來、走上前去，把我寫的東西拿給她看。

「很好，但是你看，有個地方寫錯了。」

「哪裡？」我問，假裝很驚訝。

我故意寫錯，這樣老師就不會發現我已經學過了。

「你自己找，」她說，「要不是你寫得匆匆忙忙，就可以寫得很完美。」

我回到座位上，假裝尋找寫錯的地方。我裝忙，我得寫得更慢才是，至少一開始要慢一點。等我成為全班最優秀的學生，老師就會對我寫這麼快見怪不怪了。

我已經開始覺得無聊了。但老師問：「你有沒有找到哪裡錯了？」

我說我找到了。

「讓我看看。」

「沒錯。」她說，一邊看著我的練習卷。這時，鐘聲響起。

鐘響代表可以下課休息。工友把大家趕出教室，然後打開所有窗戶。

現在我該做什麼呢？跟大家一起到處跑感覺很奇怪，但我還是試著跟大家一樣。這麼做既開心又有趣。噢，多好玩啊！

年輕時，我也會奔跑，但只是為了趕公車或趕火車。有時候我會跟朋友的小孩一起玩，假裝要抓他們，他們就會逃跑。但這都是年輕時的事了。後來，我連公車都懶得追了，要是錯過呢？等下一班就好。如果玩遊戲時要追小孩，我只會跑個幾步，然後停下來用力跺腳嚇他們。他們會跑啊跑，直到遠處才會轉過來看我；或者，他們會在我假裝追他們的時候，繞著我跑一大圈。孩子認為，要是我真的想追他們，就追得到，因為我長得很高大；但其實我追不到，我夠強壯，可是我的心臟會快速跳動、喘不過氣。沒錯，爬樓梯時我會慢慢爬，要是樓梯很長，我甚至會在半路停下來。

而現在呢：

我拚命跑，強風呼呼的吹在我的臉上。我的身上都是汗珠，不過這根本不算什麼。真是開心又歡樂，我甚至高興得跳起來大喊：「噢——當孩子真是太棒了！」但是我突然害怕了起來，四處張望，看有沒有人聽見。聽見的人說不定會想：「他這麼快樂，也許不是真正的小孩。」

我跑得好快，一切都從我的眼角掠過。我累了，這是真的，但是休息一下、喘口氣就夠了。然後，我又開始跑。我又可以跑起來，不用一步走完再一步，真是一件好事。

噢，美妙的精靈，我真感激你！

對我們來說，跑步就像騎馬奔馳、跟風比賽。你什麼都不知道，不用思考，也不用回想什麼事情，甚至不用看，但是卻如此有生命力、如此興奮。你會感覺風在自己的身體裡吹，也在身體的周圍吹。一開始我追著別人跑，然後換我被別人追，但是無論是追人還是被人追，都是一樣的，你只會愈跑愈快、愈跑愈快！然後，我絆了一跤，摔倒撞到膝蓋，好痛。這時鐘聲響了。

真可惜！要是下課時間能再長一點就好了，再一分鐘就好。

誰比較快，是你還是我？

我的腿不痛了，風又開始打在我的眼睛和臉上。我再次往前衝，沒有去思考或回想，一心只想當第一個。我奇蹟似的超越了其他同學、跨越了障礙。有一扇門，我抓住扶手，接著跳上樓。我沒有四處查看，但我感覺他們已經被我甩得遠遠的。我贏了……我是第一個……我是最快的。我用盡全力在狹窄的走廊上奔跑，然後……砰！直接撞上校長，力道大得讓他差點倒在地上。

我的確有看到他，但來不及停下來——就像計程車或卡車司機一樣。那一瞬間，我終於理解為什麼小孩有時候會被不分青紅皂白的責備。意外或不幸確實發生了，但不該責怪小孩。我的跑步技巧也許真的退步了，已經過這麼多年了嗎？

我原本可以擠進同學當中，因為他們都跑到走廊上來了。但是今天只是我再次當學生的第一天，所以我茫然的站在那裡，看起來有點膽怯，連「對不起」都沒有說。但是校長一把揪住我的衣領，大力搖晃我，我還以為我的頭要掉下來了。我難以形容他氣極了的模樣。

「搗蛋鬼，叫什麼名字？」

我嚇壞了，心臟猛烈的怦怦跳，一個字也吐不出來。他知道我不是故意撞他的，他應該要原諒我才對。

我應該再用力推他一下嗎？但是他可能會跌倒受傷。我想說些什麼，可是我全身都在顫抖，舌頭也打結了。

校長又扯了我的衣領，大吼：

「你到底要不要說？我問你叫什麼名字！」

這時，已經有一群人圍在我們旁邊看起熱鬧，這讓我覺得很丟臉。但是這時候我的老師走了過來，把大家都趕回教室，只剩下我一個。我低著頭，彷彿是個罪犯。

「跟我到辦公室。」

我小小聲的說：「校長，拜託，我會守規矩。」

「你現在有什麼話好說？」他說，「我問你名字的時候，你怎麼不回答？」

「因為我覺得很丟臉，大家都在旁邊看。」

「你像瘋子一樣跑這麼快的時候，怎麼不覺得丟臉呢？叫你媽媽明天來找我。」

我開始哭，眼淚像一顆顆豆子從臉頰滑落，也開始鼻塞。

校長看了看我，似乎有點同情我。

「你看吧，」他開口，「玩得這麼瘋可不是好事，因為你會樂極生悲。」

如果這時候道歉，我想校長應該會原諒我。但我不敢道歉，還想對他說：「用別的方式懲罰我吧，為什麼要把媽媽牽扯進來呢？」

但是我說不出口，眼淚直流。

「回教室去吧，開始上課了。」

我微微的鞠了個躬，開始走向教室。大家都在看我，老師也是。馬里爾斯基推了推我的背說：「發生什麼事？」我沒有回答，他又問：「他跟你說什麼？」我很生氣，他為什麼要煩我？這干他什麼事啊？

「馬里爾斯基，請不要講話。」老師拯救了我，她很明顯是想讓我自己靜一靜。她知道我不開心，所以整堂課都沒有點我起來唸課文。

於是我坐著思考。我有很多事情要思考，沒有在聽課，也不知道他們在上什麼。這節剛好是數學課，同學起立走到黑板前面擦擦寫寫，然後老師拿起粉筆，講解了一些東西。我現在比聾了還要糟糕，因為我聽不見也看不見，甚至沒有假裝自己聽懂了。老師一定一眼就看出來我沒在聽課，她一定是個好人，要是換作別的老師，必定會大發雷霆。現在我知道了，當一個小孩惹上麻煩，就會引來一大堆麻煩，一個接一個，讓他頓時失去自信。有人在哭的時候，別人應該要說點好話、鼓勵他、安慰他。但是人有必要哭嗎？我有答案嗎？也許需要，也許不需要。

我當老師的時候是怎麼做的呢？應該很不一樣。我一頭撞到校長，他就立刻揪住我的衣領。他還能怎麼做？他生氣了，但是後來又冷靜了下來。他原諒我了嗎？他說：「回教室去。」就這樣。

我還是不知道到底該不該叫媽媽明天來學校。

而且我心想：「我回到十歲才一下子，就惹上這麼多麻煩。我已經嘗了兩次恐懼的滋味：第一次是同學拿走我的作業本，那時候我感覺很不舒服；第二次則是校長，而且這件事情還沒結束，因為我不知道該怎麼辦。」

我被揪著衣領的時候，真的覺得非常丟臉，沒有人會這樣揪著大人的衣領。大人走路時是會比較小心，但有時還是會發生這種事情。而且小孩本來就可以奔跑，那麼是誰應該要更小心呢？是我這個小男孩，還是有經驗的老師呢？

很奇怪，我當大人的時候都不會思考這種事情。我才成為小孩沒幾個小時，竟然就哭了一次。我沒有哭很久，但確實哭了。即使現在已經不再流淚，我還是覺得很受傷。而且不只這樣，我也摔倒了。

我把長襪拉下來，膝蓋刮傷了——沒有流血，但是又熱又痛。不是非常痛，但還是有點痛。一開始我沒有感覺，直到靜靜坐著、想著煩惱的時候……。

重新當學生不到兩小時，老師就已經說我不該在座位上動來動去、要安靜。萬一她發現我讓別人抄作業怎麼辦？要是她現在叫我跟著唸怎麼辦？

我沒有在聽，完全沒有。在教室裡不但要安靜坐好，還要聽老師上課，知道現在上些什麼。

我自私又愚蠢，還不好好上課——全都因為我又回到了十歲。這樣的話，繼續當大人說不定還比較好。

就在這個時候，我開始為那匹拉不動馬車的馬感到難過，因為牠的馬蹄鐵狀況很糟，馬車又很重，所以牠不斷在冰上打滑。我想了想那匹馬，接著又開始想我自己的事情：「當大人比較好嗎?說不定校長會原諒我。下次我在走廊上會小心走路。晚上說不定真的會下雪，我好想念下雪，雪就像我們的兄弟一樣。」

這時候的我，正往窗外望去，一團巨大的烏雲飄過遮住了陽光，我已經不記得同學們最後的結論是會下雪，還是不會下雪了。我在想，大人都很喜歡打賭。

也許小孩跟大人沒那麼不一樣，只是用不同的方式在生活、要遵守不同的規定而已。外面的雲愈來愈大，也愈來愈黑。我突然想到：「孩子就像春天，美好又充滿陽光，歡樂又漂亮，也像一場突如其來的暴風雨，打雷又閃電；但是大人就像霧，被悲傷、灰色的霧籠罩，不會大喜也不會大悲，既灰暗又嚴肅——因為我想起了自己的樣子。孩子的喜悅和悲傷像風，來得快也去得快，而大人的只會變多和變大，這個我也記得！」

我喜歡這樣的比較。對，如果可以再選擇一次，我還是會選擇回到十歲。

這樣想之後，我就變得平靜、快樂起來了。我平靜得像在夜裡來到田野，有輕輕的微風拂過臉龐，彷彿有人用手輕柔的碰觸你的臉頰。而且天上有星星，一切都在沉睡……只有周圍的田野和樹林所散發的氣味……。

這堂課很快就過去了。如果之後再當老師，我絕對不會去吵正在煩惱的孩子。我會讓他一個人沉思，讓他冷靜、休息。

鐘聲響起，我開始顫抖。

同學們馬上就來煩我：「你剛才為什麼哭啊？校長說了什麼？」

大人都說你不該打鬧，他們認為你打鬧是為了好玩。的確有些小孩是惡霸，會故意跟弱小的男孩起衝突。我們會躲開他們，讓路給他們過，但是這樣只會讓他們更生氣。不過等我們的耐心被磨光，就換我們來教訓他們了。幸好，這種小孩並不多，不過他們當然是我們之中的老鼠屎。好笑的是，大人會因為他們而怪罪所有孩子，大人不知道真正的討厭鬼或惡棍是什麼樣子，就連最溫和的人都會被他們氣瘋、氣哭。

所以，我很苦惱。大家都猜到校長跟我說了什麼，還有我是不是真的撞倒了他。那他們為什麼還要問「發生什麼」、「怎麼會」呢？

要是來煩我的只有一個人就好了，結果並不是。你好不容易才擺脫一個，另一個又出現，然後你又得把事情從頭講一遍。他們難道看不出來，我不想講話嗎？我連他們是誰都不認識，我平常根本很少和他們說話——這個人也是，他說：「你撞到校長了，他大概有叫你帶媽媽來吧。」

他們都不讓我好好難過一下，只會不斷糾纏，讓人從難過變成憤怒。

我小聲的回應第一個人，不耐煩的回應第二個人：「走開啦！」然後是第三個：「少煩我。」

至於第四個人，我直接把他推開。

然後維斯涅夫斯基走過來找我，他今天早上已經罵過我蠢蛋，還說我不告訴他祕密，現在居然還想要我告訴他發生什麼事。「你為什麼哭啊？應該是他痛罵你一頓了吧？你應該說是別人推你的。」

「如果你想這樣說，就自己去說吧。」我說。

但是我馬上就後悔說出這句話。

「噢——真是個誠實的好孩子啊！大家快看，這裡有一個誠實的人吔！」我想走掉，但他抓住了我。「等一下，幹麼急著走呢？」

他不肯放我走，而是跟在旁邊、用手肘頂我。我推了他，但是他變本加厲，還說：

「不准再這樣推我，學校又不是你開的。老師說他只寫錯一個地方，他就覺得自己可以到處亂撞別人。」

一開始我沒注意到他在暗示什麼，直到現在才意會過來。我已經來到門邊，但他還是不放過我。

「跟小嬰兒一樣，」他說，「小嬰兒都喜歡哭，小女生也愛哭。」接著他想用髒兮兮的手摸我的臉，但是我已經把手舉起來。維斯涅夫斯基很強壯，但是我氣得不得了，對我來說已經無所謂了，該發生的事情就是會發生。如果我跟他打起來，他也會受傷。但是我自問：要是校長剛好經過，看見我們在打架，他會怎麼說？我一定會被罵。我已經惹上了麻煩，現在又要惹另一個麻煩，這下他肯定會記住我。以後要是發生什麼壞事，他一定第一個懷疑我，因為我愛惹麻煩。「我認識你，這已經不是第一次了。」

以前當老師的時候，我也說過同樣的話。

不過我很幸運，因為老師正好走進教室查看有沒有同學留在裡面。「大家都出去吧，去外面玩一下。」

而這個不知羞恥的維斯涅夫斯基，竟然跟老師告狀：「老師，我想出去，但是他不讓我出去。」

我生起一股強烈的恨意，很想對他吐口水。

「好了，去吧，趕快去。」

他閉起一隻眼睛，用奇怪的方式歪著嘴巴——就像小丑那樣——接著跨著大步，悠哉的離開教室；我也跟著離開教室。不過，我沒有到外面去，只是待在走廊等下課結束。

穆德克走了過來，左看右看之後小聲的說：「你不想去外面玩嗎？」

「不想。」我回答。

他等了一陣子，看我是不是想跟他說話。他跟別人不一樣，所以我告訴他發生了什麼事。

「不知道他會不會原諒我。」

他想了一下說：「要試試看才知道。他那時候說的是氣話，去辦公室找他吧，說不定他已經忘記了。」

接下來是美術課。

老師要我們畫畫——我們想畫什麼都可以，不論是樹葉或是冬天的景色，什麼都可以。我拿起鉛筆，該畫什麼呢？我從來沒有學過畫畫。當我是個大人的時候，也不知道該怎麼畫。總之，我不是個快樂的學生，對我來說學校很嚴格，上課時光又很無聊。在學校，他們不准我們做任何事，冷酷又高壓；當我夢見學校，醒來時會全身是汗，還會慶幸那只是夢，不是真的。

「你還沒開始畫嗎？」她問。

「我在想要怎麼開始。」

美術老師有一頭淺色的頭髮和開心的微笑，她望著我的眼睛說：「那你好好想一想吧，說不定會有不錯的想法。」然後，連我自己都不知道為什麼，我對她說：「那我要畫學校以前的樣子。」

「你怎麼知道它以前是什麼樣子呢？」

「爸爸告訴我的。」這時候，我當然得撒謊。

「好，」她說，「那一定很有趣。」

「我會畫得好嗎？」我心想，「畢竟小孩不是厲害的畫家。」我笨手笨腳的畫著，不過沒有關係，頂多就是被笑而已，讓他們笑吧，真的沒關係。

有一種畫，由三個部分組成：中間是一幅畫，兩旁又各有一幅畫，每個部分都不一樣，但是放在一起就變成了完整的一幅畫。這種畫叫做「三聯畫」。

我把畫紙分成三部分，在中間畫下課的場景：有同學在跑，還有一個人闖了禍，因為老師揪住了他的耳朵，而他哭著想逃走。不過，男孩的耳朵被老師揪得很緊，背後還有一條馬鞭在打他。男孩抬著雙腳，看起來就像浮在空中。其他同學都在看，他們微微低著頭，因為很害怕，所以沒有說話。

這是中間的畫。

右邊那部分，我畫了一間教室：老師正用尺打某個人的手，只有第一排那位愛拍老師馬屁的同學在笑，其他同學都覺得很難過。

而左邊那部分，老師真的用上了藤條：有個同學趴在桌子上，工友抓住他的腿，留著鬍子的書法老師將藤條高舉在空中。這張畫很陰沉，就像在監獄，我用了很陰暗的顏色，並且在最上面寫「三聯畫——思想陳舊的學校」。

我八歲時讀的就是這種學校，那是我念的第一間學校，叫做「預備學校」[3]。我還記得那時候有個男孩挨了一頓藤條，是寫作老師打的。不過我不記得是那位老師叫科赫、學生叫納瓦基；還是學生叫科赫、老師叫納瓦基了。

我那時候害怕得不得了，彷彿等他們打完那位同學，就會輪到我似的。我也覺得很丟臉，因為他們打你時，會把你的褲子脫下來，他們會在全班面前把你脫個精光。

後來，不論是那位同學還是老師，都讓我覺得很討厭。還有，只要有人生氣或吼叫，我就會立刻停止動作，等著看接下來被處罰的是誰。那位叫科赫還是納瓦基的同學品行也不好，有次輪到他當班長，弄溼板擦時他沒有用水，而是尿在上面，然後跟大家炫耀這件事。等老師走進來，要大家把黑板擦乾淨時，沒有人願意擦，老師非常生氣，只好自己拿起板擦。我不記得大家是馬上就笑出來，還是告訴老師之後才開始笑。那位同學就是因此被打的。

我記得剛開始上學時我很矮小，但每件事我都記得清清楚楚，彷彿昨天才發生。而現在，我對那些事情也有了新的感受。我賣力的畫，鉛筆不斷在畫紙上奔騰，連我自己都感到很驚訝。

我把同學的頭畫得小小的，但是我盡量把每一顆頭畫得不一樣，讓你看得見每一張鬼臉。每個人的身影也都不一樣，有人斜靠著，有人站得很直。我也把自己畫了進去，但不是坐在第一排。

我畫得非常認真，感覺耳朵都開始發燙。我覺得很熱，彷彿在奔跑，彷彿有源源不絕的靈感湧入。我曾經是個大人，所以我知道「靈感」這個字。有位著名的詩人就是在獲得靈感時寫下了即興作品，預言家也會在靈感來時向人宣揚理念。

靈感——當它出現時，困難的事情會突然變得簡單。這時畫畫、書寫，甚至是剪紙做勞作，都格外令人愉悅。一切都變得很順利，而你連這是怎麼發生的都不知道，彷彿有人在幫我做這件事，而我只是在一旁觀看。等一切都完成，我便會感到驚訝，好像這不是自己畫的；我覺得很累，但也很高興我做出了這麼棒的東西。我充滿靈感，一點也不知道周遭發生了什麼事。對我來說，小孩似乎經常處在這種狀況，但是會有人來打擾和干涉他們就是了。例如你在講故事，或是閱讀、寫作，而且做得很好時；或者，你可以很快的理解老師要你做什麼；又例如，你某個地方做錯了，但是那其實連錯都稱不上，而且非常非常小……這時，他們會馬上打斷你，要你改正、再做一次，或是加點什麼東西、解釋一大

3 以學生升學為目的導向的學校，通常比較嚴格。

堆，然後突然之間，一切都不對了——你被弄得很煩，一點都不想再做，結果就會很糟。

靈感——它就像一場跟神的對話，沒人有權干涉。為了避免聽見或得知周遭的事情，你必須獨自一個人進行。現在的我就像這樣——老師站在後面看我畫得如何，但我完全沒有注意到她，只是看著我的畫，東改西改，添加小小的一條線、一個點，每一次都讓這張畫變得更好。

老師一定在我身後站了很久，只是我不知道而已。我隔著一段距離仔細看我的畫，又加了一點東西——一條線、多一點顏色，但是每一次都更小心，要是修改太多，可能會毀掉這張畫。然後，我覺得累了，也突然感受到老師的存在。我抬起頭，老師露出微笑，用手摸摸我的臉頰。

我不喜歡別人親暱的拍我或碰我，但這時候老師的手涼涼的，又很柔軟。我露出微笑。

「你怎麼知道這叫做『三聯畫』呢？」她問。

「我知道啊，我在一幅畫上看過，明信片，在教堂。」我說得結結巴巴，臉變得更紅了。不過老師總算問我：

「可以讓我看看嗎？」

「可以。」我說，並把繪圖本交給她。她看了一些我之前畫的東西，再看看最後一張畫。這時，維斯涅夫斯基從座位上跳起來，插嘴說：「三聯畫！」

我擔心老師會拿給大家看，然後讚美一番，說我畫得很好。她理當知道班上總是有愛嫉妒的人，不然就是有愛作怪的人會在事後拿這件事情開玩笑、取笑一番。不過，老師明白這點，因為她叫維斯涅夫斯基回座位，只跟我說：「你一定畫得很累，先休息一下吧。」

她闔上我的繪圖本，小心的把它放在我的書桌上，既小心又仔細。

我立刻有了這樣的想法：如果再當一次老師，我不會把小孩的作業本扔到桌上，也不會在他們的作業上用粗大的記號批改，或是把墨水沾得到處都是。我會像這位老師一樣，小心又仔細的對待他們的作業本。

我短暫的休息了一下，這堂課也結束了。現在我得去校長室，但是校長就站在教室門邊，所以我沒有上前，老師也停下腳步。我在旁邊等待，不知道該說些什麼。這時，工友又出現了。

「校長，請問……。」我開口，然後重複一次，但我知道校長沒有聽見，因為我說得真的很小聲。當你必須說點什麼，卻不敢開口時，這種感覺很不開心。

他們在談論事情，我不知道是什麼事，也沒有聽見。然後，校長轉過來對我說：「去六年級的教室看有沒有地球儀，快點，像閃電一樣。」他接著看了我一眼，認出了我，因為他又加了一句：「在路上別撞到人。」

我立刻跑去六年級的教室，那裡的學生對我大喊：「走開啦，你來這裡做什麼？」

「這裡有地球儀嗎？」

「你要那個做什麼？」有個男孩推了我一下。我在趕時間，他卻推我。我閃到一旁說：「是校長要的。」

另一個同學沒有聽見，大吼：「你怎麼還在啊？臭小鬼，趁我還沒揍你一頓，趕快走開啦。」

我感到慌亂，不知道該怎麼做。我又大喊了一次：「校長……。」

「校長怎樣？」

「他問這裡有沒有地球儀。」

懂文字嗎？他們之中有人會吃人嗎？他們喜歡白人嗎？他們有國王嗎？他們要怎麼弄到雪橇用的釘子？」其中一位同學說起他爺爺迷路的事，還有人談起狼，每個人都在大吼，叫別人安靜，因為他們都有話要說，或是有問題要問。

如果有人對這件事情興趣缺缺，就讓他等一等吧。但是大家都對因紐特人很感興趣，就在剛才，所有人彷彿都生活在遙遠的北極，現在大家都想知道那裡的鄰居和親朋好友的一切，他們過得很辛苦，大家也想幫助他們。

從前，很多政治犯會被送到西伯利亞，如果有人從那裡回來，左鄰右舍的婆婆媽媽就會問他那裡的生活是什麼樣子、那裡的人都做些什麼，還有自己的至親什麼時候會回家，因為他們沒辦法從收到的信中得知多少事情。我們現在也是這樣。

書裡的知識也是，所以老師應該要分享他對海豹、雪和麋鹿的了解，還有極光。他最好說兩次，因為當你很興奮時，是沒辦法聽得很仔細的。

對老師來說，這是他的第四堂課，在學校工作的第四個小時；但是對班上來說，這些事關乎著某個遙遠的地方，關乎著大家關切的人。老師累了，我們也累了，不過不太一樣。這時候，老師開始不耐煩了，我們想知道更多，但是他卻受不了了。

老師快生氣了，他威脅要祭出懲罰，不再往下唸。「以後都不唸了！」雖然大家沒有當真，但班上安靜了一下。如果是一個星期還有可能，但他說的是「以後」都不唸了。然後，有個笨蛋開始胡鬧，說：「噢，不用這麼生氣吧。大家是很吵，但都是好孩子。」

他打斷上課，顯然想讓老師失去耐性。他想製造一個理由，讓老師開始大吼。這種人很常見，他對什麼都不感興趣，所以當大家都在專心聽講，必須保持安靜的時候，他就不開心了。或者，他刻意鬧事，是因為這時候剛好有他不喜歡的東西。

老師已經準備把人趕出教室了，他望向時鐘、看看時間，因為想趕快下課。氣氛愈來愈不開心，老師也是真的不開心，但他知道學生在認真上課，於是他克制了衝動，看似面帶微笑的說：

「好，就是你，你這麼聰明，把我唸的重複一次。」

於是，我們開始用平常的方式上課，老師問問題，同學們則是結結巴巴，喃喃的說著錯誤答案。老師也因此覺得我們很笨、認為我們什麼都不懂。

當我是個大人時，如果我對一件事情愈有興趣，就愈能跟人談論它。不過小孩好像不太一樣，當他們對某件事情很有興趣，反而很難談論這件事——就算他們知道該怎麼說。

沒有用該有的方式表達，似乎會讓他們感到很丟臉。不幸的是，在學校裡，你回答問題是為了獲得分數、讚美或是因為被罵，而不是依據心裡的感受。

這堂課結束得平淡又無聊，直到下課，我們才開始認真討論因紐特人。有人記得很多細節，有人記得少；其他人則是記得不同的事情。他們爭論著：「老師是這樣說的。」

「他才沒有。」

「他唸的時候，說不定你在做白日夢。」

「你才是。」

於是他們開始尋找證人。

「老師不是說他們用冰做窗戶嗎？」

「海豹是魚類吧？」

「好啦，那我們去問老師。」

大概所有人都跟我一樣，當你沉浸在自己的想法裡，其他事情就咻的一聲過去了，之後你也沒辦法弄清楚發生了什麼事。這就是為什麼，有人記性會比較好；但是也只有這樣，全班才能真正了解所有細節。

後來，他們在戶外扮演起因紐特人，有人在樓梯上或空地把學到的東西告訴別班的人；他們甚至捏造了一些情節，好讓事情聽起來更有趣。

* * *

我跟穆德克一起回家。

現在，街道對我來說讓人興奮，一切都吸引著我的目光——輕軌電車、狗、路過的軍人，還有上方立著招牌的店家。一切都像新的一樣、不再熟悉，彷彿才剛刷上油漆。不過，對我來說也不全都是新的，因為輕軌電車對我來說並不陌生，不過，我想知道它的車號是不是雙數。

「我們來猜猜看，下一輛車的車號是不是雙數，或是大於一百還是小於一百。」

我們準備要猜時，突然看見一位軍人走過來，所以我們得停下來，仔細瞧瞧他戴的是步兵還是炮兵的徽章。電話亭裡有一位師傅在修東西，還有一些清潔人員在清理排水溝。有人立刻停下來看——這說不定很有趣。

我對一切有了新的想法。

路上到處都是狗，有一隻在舔鼻子，於是有人說：「狗不需要手帕，因為牠們會用舌頭擦鼻子，但是人只會把鼻涕吸進去。」這讓我有一股想模仿狗的強烈衝動。我把舌頭伸向鼻子，這時穆德克說：「用手壓鼻子看看。」

「用手就不一樣了。」我說。

「試試看嘛。」

一位路過的小姐說了話：「髒兮兮的小鬼，居然把舌頭伸出來。」

我們覺得好丟臉，居然忘記旁邊人來人往、有人在看著。不過，要是那位小姐知道我們在說什麼，就不會這麼驚訝了。我們只是想試試看人到底有多麼需要手帕、想知道狗的舌頭比我們長多少，還有如果人沒有鼻子會怎麼樣。我們想了解這些事情，如果沒有聽到我們的對話，就會覺得我們很蠢。

當我是個大人時，有一次在趕電車，突然有一陣風捲起沙塵，吹到我的臉上，我不知道該緊緊抱著手提包，還是抓住帽子，或是用手保護眼睛。因為不想遲到，所以我又氣又急，而且我還要買票，擔心售票口前會有很多人在排隊。這時候有三個小男孩正倒退著奔跑，他們聊得很開心，還對吹著他們的風大笑。突然間，其中一個男孩踩到了我的腳，我想要閃到旁邊，但他還撞到了我的手提包。我開始對他們大吼，罵他們製造混亂、為別人帶來困擾。不過，我其實也擾亂了他們，誰知道他們在玩什麼遊戲，或是在想什麼呢？他們也許是在扮演氣球、船或帆船，而我帶著手提包，是水裡的暗礁。這陣風對我來說很討厭，但是對他們來說卻很愉快。大人和小孩都妨礙到了對方。

我第一次當小孩時，喜歡閉著眼睛在路上走。我會說：「我要閉著眼睛走十步。」如果路上沒有人，我就會閉著眼睛走二十步，無論如何都不睜開。一開始我走得很小心，之後就愈來愈自在。不過這麼做並非總是有好下場，有一次我就跌進了排水溝，那時候排水溝裡還有水，但現在都變成了汙水下水道，管線都埋在地下。我跌進排水溝、扭傷腳，痛了一個星期。我在家裡什麼都沒有說，說了有什麼好處呢？他們不會懂的，只會說走在路上要睜大眼睛看仔細。這點大家當然都知道，但有時你也可以來點不一樣的嘗試。

另一次，我一頭撞上路燈，腫了一個大包，好在我的帽子還是發揮了一點保護作用。閉著眼睛走路時，若是改變了一個步伐，整條路線就不一樣了，不是撞上路燈就是撞到路人。如果撞到別人，他可能會閃開不計較，也可能會開個玩笑，大笑一番。還有一次，有個人氣得像一頭狂野的動物：

「你是瞎了嗎？不會看路嗎？」然後狠狠的瞪著你，好像要把你吃掉。

在我大約十五歲時，有次我走在路上，有兩個小女孩正在追逐。她們原本在旁邊跑，卻突然撞了上來。我來不及避開她們，所以已經很高大的我，就稍微彎腰、伸出手臂同時接住了她們。她們嚇了一跳，其中一個女孩的眼睛是藍色的，另一個黑色眼睛的女孩正在開懷大笑。我接住她們一下子之後，就恢復了平衡，接著準備繞過她們繼續走。其中一個女孩大聲說：「噢！」另一個說：「抱歉。」我回她們：「抱歉。」她們便跑走了。她們跑了一段路之後轉過身來，又開始笑，接著其中一個女孩又撞到了一個女人。那個女人用力推小女孩一把，讓她轉了一圈，真粗魯。這個世界還是需要小孩的，需要他們就是孩子的模樣。

我說：「想不想去追電車啊，穆德克？」

這時，我們剛好來到車站。「好啊，」他說，「來跟電車比快，看誰先到轉角。」

「就跑到轉角。」

一開始我們跑得很輕鬆，因為電車的速度不快。但是後來我們跑到了車道上，被一輛馬車擋住了去路，我們輸了。

「但我還是先到。」穆德克說。

我說：「不公平，你把外套底下的釦子解開了。」

「你也可以把外套拉起來啊，有人不准你這麼做嗎？」

我當然忘記了，我好久沒有和電車賽跑，都忘記該怎麼做。「好吧。」我說，「我們再比一次，這次我要把釦子解開。」但是穆德克不想跑了，他說他的鞋子會壞掉。

我只想跑，我很高興我不覺得累。我在喘氣，心臟也跳得很劇烈，但停了一下之後就休息夠了，小孩的累不會讓你筋疲力盡。

我們開始討論怎麼跳上電車再跳下來。這一點也不危險，只是得想清楚該怎麼做。你必須先從後方追電車——就算車子離你很遠——然後你得跑到它旁邊，能用手碰到它的距離，就是伸手的好時機——列車正在移動但又不是全速前進。你就是要在這個時間點跳上去，再跳下來。你一個月內就可以學會，而且最好挑最後一節車廂，因為如果跌下來，就不會被車輪輾過。你也要查看附近有沒有其他車輛。

大人也會摔斷腿。

我們開始聊起意外。

「我們那個年代沒有汽車。」我說。

穆德克訝異的看著我說：「沒有汽車是什麼樣子？」我說：「就是沒有汽車。」一邊懊惱自己竟然說溜了嘴。我們在廣告看板附近停下腳步，那上面有一些海報。電影院正在播放《凱蒂的愛情故事》。

「你想看嗎？」

穆德克扮了個鬼臉，「不想，愛情片都很蠢，不是在親親就是在房子裡走來走去，偶爾有人開槍。我比較喜歡懸疑片。」

「你想當偵探嗎？」

「應該吧，可以帶著槍在屋頂上跑、翻過圍籬。」

我們看著馬戲團的海報。

「我最喜歡馬戲團了。」

我們站在那裡聊了一會，然後繼續走。

「我們明天有五堂課。」

「生物課。」

「真希望老師可以多介紹一點海豹和北極熊。」

「你想不想當一隻熊？」

「那當然。」

「可是熊笨手笨腳的吔。」

「才不會呢，牠們只是看起來笨手笨腳而已。不過我還是比較想當老鷹，我會飛上世界第一高山的山頂，比雲還要高。我會自豪的獨自飛行。」

有翅膀的感覺比坐飛機好多了。飛機需要一直添加燃油，否則就無法運作。除此之外，還需要停機棚停放飛機，而且還不能隨意降落。你必須保持飛機的清潔，起飛前也要暖機。而翅膀呢，不飛的時候收起來就好了。

如果人有翅膀，就必須改變穿著。襯衫的背面要有開口，你得把翅膀收在背上，或是收在外套裡。兩個男孩在街上邊走邊聊天，一派輕鬆的樣子。但就在不久之前，這兩個人伸出舌頭舔鼻子，還追電車，現在竟然聊起了長翅膀的人。

大人都認為小孩只會調皮搗蛋，或是只會背九九乘法表，但是他們其實能預言久遠的未來，認真討論與辯駁。大人會說「人怎麼可能有翅膀」，但我也曾經是個大人，而且我認為這是有可能的。

就這樣，我和穆德克聊著天，聊到用飛的上下學一定很棒。我會飛出教室，要是飛累了就走一下，有時讓翅膀休息，有時讓腿休息。你甚至可以把身體探出窗外、停在屋頂上，也可以飛到樹林裡野餐。我們會成雙成對的在城市上空飛，離開城市後就各自飛往不同的方向。你可以在樹林裡隨意走動，若是迷了路，就飛到天上，找到野餐的地點——如此一來，你根本就不會迷路。

「這樣不是很棒嗎？你覺得怎麼樣，穆德克？」

「一定很棒。」

而且，這樣大家的視力都會變好。聽說候鳥會認路，回到自己的村落和鳥巢，牠們沒有地圖也沒有羅盤，卻可以在汪洋、群山和河流上找到正確的路。

鳥很聰明——比人還聰明。但是人卻支配了一切，萬事萬物都要聽人的。

「也許是因為人最會殘害動物，而不是因為人是最棒的。」

我們開始思考一些事情，這時突然有個男孩經過——他是個大惡霸。我的帽子被他撞到，從頭上掉了下來。他拿著一根樹枝——他就是用那根樹枝弄掉我的帽子的。我立刻跑上前說：「你為什麼要弄我？」

「我有弄你嗎？」他故作驚訝的說。

「你弄掉我的帽子。」

「什麼帽子？」他無恥的大笑，假惺惺的模樣顯而易見。

「你是說，你沒有弄掉我的帽子嗎？」

「對啊，我沒有。你看，他拿著你的帽子。」

這時，穆德克撿起我的帽子，準備看接下來會發生什麼事。

「他是拿著沒錯，但是你弄掉的。」

「走開啦，自以為聰明的傢伙，否則我就再弄一次。我又不是閒閒沒事做。」

「你當然閒閒沒事做，你這隻大猩猩，你就是不想放過我們。」

「嘿！叫我大猩猩，你給我小心一點！否則有你好看的。」接著，他就用樹枝從下方攻擊我的下巴，不過我馬上抓住樹枝，把它弄斷。他湊過來，但是我毫不退縮的站著。

「還我樹枝，不然你就等著倒大楣。」

他比我高很多，也沒有彎腰，所以我稍微跳起來，往他頭上揍一拳，但是他的帽子沒有掉下來。

我拔腿就跑，穆德克緊跟在後，我們沒命似的奔跑！

「活該，」我心想，「別再來煩我們，就算是矮個子，也不是好欺負的。」

一開始他追在我們後面，但後來他發現這沒什麼意義，畢竟他惹到的不是膽小鬼，所以他就不追了。

我們停下來大笑。

我剛才還氣得半死，現在又開心起來。我用袖子擦一擦帽子。

「你為什麼要惹他呢？」穆德克問。

「我惹他還是他惹我？」

「當然是他惹你，可是他比較高大啊。」

「他比較高大，就可以到處撞人嗎？」

「要是他明天在學校認出你，揍你一頓怎麼辦？」

「不會的，別擔心，他怎麼會呢？」

穆德克說得對，這下我得小心了。

不過，就算在大白天的繁忙街道上，是不是也會被找麻煩呢？如果這件事發生在大人身上，就會是一件大事，會聚集一大群人，還會有警察。可是這種事發生在小孩身上，就沒什麼大不了了。小孩之中也有愛找人麻煩的傢伙，卻沒有人可以幫我們對抗他們，我們必須自己解決。

我們站在轉角，捨不得即將分離。那個惡霸找上門時，我們正在聊重要的事情。這段回家的路程很快樂，我們玩了一陣子，甚至還打了一場小架。

現在我要自己回家了，我試著踩在人行道中央的石頭上，用這樣的方式走路而且不能踩到線，就像在玩跳房子。這很簡單，但是你必須留意路人，要一步接著一步，而且不踩到線可不容易。我開始數，一，成功了；二、三、四，我還可以繼續；五、六。我變得很緊繃，不過這種玩遊戲的刺激感很有趣。

抵達家門之前，我只停下來八次，還嚇跑了附近店家門口的貓。牠跳到一旁看著我，然後用好笑的姿勢舉起爪子。

「在班上有沒有被問到什麼？」媽媽問。

「沒有。」

我輕輕親吻媽媽的手，她看著我，摸摸我的頭。

我很高興校長原諒了我，還有，我又有媽媽了。小孩都以為大人不需要媽媽，只有小孩才會是孤兒。但是年紀愈大，失去父母的人也愈來愈多人。噢，當一個大人想念父母，他又有多少傷心難過的時刻呢？對他來說，父母似乎是唯一會傾聽他的人，也會在必要的時候原諒他、為他感到難過。所以，大人也會覺得自己像孤兒。

我吃完午餐了，現在要做什麼呢？

我走到院子，菲列、麥可和瓦契都在那裡。

我們要玩打獵遊戲嗎？

麥可刻了一把手槍，塗上黑墨水後用釘子做裝飾。他找到一些金頭的釘子——當然不是真正的金子，是銅做的，而且閃閃發亮。麥可說這是「英雄」的手槍，他假裝這把槍是打贏戰役的獎品，是將軍為了嘉勉他的英勇，親手送的。戰役過後，整個師的士兵都列隊讓將軍閱兵。有樂隊在演奏，還有旗幟，士兵都在歡呼喝采。閱兵結束後，將軍說：「很久以前，我的祖先在土耳其獲得了這把手槍，我的家族父傳子、子傳孫，一代一代傳到我手上，在我的家族已經有兩百年歷史。現在，因為你救了我的性命，我想把它獻給你。」

這是麥可說的故事。有一次，他說戰爭發生在維也納[5]附近，另一次說是在瑟措拉[6]附近，也說過是在格倫瓦[7]附近。不過這不重要，現在我又是個孩子了，歷史或一個人知不知道某件事情，似乎不重要；重要的是，一個人內心的感受。我當老師時，就有不一樣的感受。

所以，麥可要當獵人，菲列是兔子，瓦契和我則是狗。這並不是一下子就決定好的，他們本來要玩警匪追逐，我則是想帶領遠征隊尋找因紐特人。

大家的想法很少會一樣。有時有人不太想玩，為了要他加入，你就得讓步。他們不想當因紐特人，因為現在沒有雪，麥可又不讓我們玩警察和搶匪。他說：「上次玩的時候你們把我的袖子扯掉了。」

我們不是真的扯掉了他的袖子，是袖子縫得太鬆，線頭脫落。麥可扮演危險的歹徒，我們要把他帶進地牢關起來。他試著脫逃，於是我們就顧不了他的袖子了。

假扮兔子的確比較安靜，但如果遊戲進行得順利，也可以很好玩。玩遊戲最重要的是選擇玩伴，有些男孩很野蠻，你馬上就會知道這場遊戲最終會發生意外。那種人不會多加考慮，一切都要照他的意思、什麼都要爭第一。跟這樣的人玩並不開心，因為你得很小心。你必須邀他一起玩，否則他會找麻煩，但你就得答應他一些條件。跟愛吵架的人玩也很不開心，一點小事就會開始爭論，不然就是發怒。男生很少發怒，但是女生很常。遊戲玩到最起勁的時候，他會毫無原因的開始吵鬧，說：「那我不玩了。」大家都看得出來是他不對，但他就是很固執。可以的話就讓他吧，不要毀掉一切。但是，這樣做只會讓你感到生氣，大人也不會理解。他們會說：「去玩啊，你為什麼不跟他玩？」或是：「好了，你也玩夠了。」

如果我們不聽話，他們會生氣。

但是，笨手笨腳的人玩一下就跌倒、開始哭，然後回家告狀，你要怎麼跟這樣的人玩呢？或是跟很笨的人玩時，他什麼都聽不懂，還會在玩得最起勁的時候毀掉這場遊戲。你怎麼會突然打斷遊戲，卻又不知道是怎麼回事呢？玩遊戲前必須好好制訂遊戲規則，而且

---

5 奧地利首都。

6 羅馬尼亞境內的城鎮。

7 波蘭境內的城鎮。

不是每一次都會有好結果。但要是成功了，你就會享受其中。

所以，回到我們正在玩的打獵遊戲……

兔子在院子裡到處跑跳，狗從反方向跑來並追過去。然後，兔子突然衝進陰暗處，但是我在後面追趕。我停下來嗅，他是上樓了，還是下去地窖了呢？我聽見地窖裡似乎有窸窣窣的聲音。我偷偷溜進去，裡面很暗。兔子幾乎都會跑進地窖，因為蹲在那裡、躲在黑暗之中比較容易。如果想要玩安靜一點的遊戲，還是在地窖裡玩比較好，因為擔心撞到東西或撞到人，會讓你變得比較小心。

去年，奧列克在樓梯上撞倒了喬的媽媽。當時她正拿著一大堆煤塊，而奮力奔跑的奧列克撞到了她。當時的我是大人，我還記得「看到孩子這麼放任自己」讓我感到多麼震驚，所以工友才會叫孩子到空地玩。孩子都很野，吵得家人不得安寧。幸好喬的媽媽沒有受傷，只有腿擦傷了。不過，事情也可能更糟。

每當大人身上有被撞傷的腫包或是瘀青，我們都會給予無盡的同情；但若是小孩，就會說：「活該，下次不要再打架了。」彷彿小孩比較不痛，或是皮膚長得不一樣。被大人笑也沒什麼，雖然這會令你生氣；當你受傷或受到驚嚇時，他們卻在開玩笑？有時更糟，他們會責備你。他們知道你不是故意的，畢竟誰會想要刻意傷害自己呢？但是在他們眼裡，看起來卻像這樣——我要弄傷自己來惹你生氣。

現在我明白，如果我是一隻獵犬，有隻兔子躲在地窖裡的陰暗處，我就不能一次只下一個臺階，我必須一次往下跳三階——就算可能會滑倒、撞到頭或刺傷手。我想要抓到他，為了達到目的，我必須大膽冒險，完全不要停下來思考，我就只想要抓住他。真正的獵犬不是也經常疾速衝進森林，然後一頭撞在樹幹上嗎？狗有四條腿，而我只有兩條。

我是一隻狗，我在學狗叫和哀鳴，因為我追丟了氣味。當我是個大人時，我的聲音低沉，完全沒辦法學狗叫、學烏鴉叫，或發出像雞那樣的咯咯聲。但現在我又有了小孩清澈單薄的聲音，就能像以前那樣學狗叫了。

我靜靜的站了一會兒，然後衝進地窖，瓦契緊跟在後。但是突然間，兔子從高處躍過我們的頭，往外衝進院子。

我們說好不能跑到外面的路上，但是院子比較狹窄，兔子在那裡繞了幾圈之後，便發現獵人和獵犬開始從四面八方逼近他。

然後，兔子衝向柵門。

「犯規！」

當兔子正在逃命，跟他說怎樣算犯規、怎樣不算犯規都沒有用，畢竟他是在保護自己的性命。如果想繼續玩下去，就要理解這點。遊戲開始前，我們都會說清楚哪些事情可以做、哪些事情不可以做，但是遇到真正的危險時，要遵守規定並不容易。要是我們累了、不太想玩了，或是有人違反規定，就要立刻中斷遊戲，然後大家就會開始吵架。那其實也不算真正的吵架，但是這段小憩也足夠讓你休息片刻，或是改變遊戲規則、增加更好的規定。有人不玩，就再找別人加入，或是讓狗和兔子交換身分，也可以決議哪裡不能去，或是決定這樣對不對。

這就是不跟大人玩、自己玩比較有趣的原因之一。大人總會在事情還沒發生時說應該要如何如何，並且擅自決定一些事情、催促大家，彷彿這是在浪費時間，但是他真的一點都不理解小孩。

在遊戲時爭論也是好事，因為可以乘機休息，大家也可以聚在一起討論。這通常發生在有人被打或衣服被扯破時，接著大家就會責怪違反規定的人說：「是你不對。」

雖然那個人會辯稱不是他，但還是自知有錯。我們都知道承認錯誤的感覺並不開心，所以除非有人做得太過分，或是製造了大麻煩。

「好了啦」、「我們到底還要不要玩啊」、「好啦好啦，開始吧」、「別吵了」、「不想玩的可以退出」。於是，兔子衝向柵門，一下子就跑到路上。我們緊追在後，他跑到馬路對面，我們也跟著到對面。現在對獵犬和獵人來說比較容易，因為若我們之中有人慢下來，就會有其他人上前去威嚇他。我們跑直線，兔子則是彎來彎去。我們追得很成功，畢竟兔子比我們大兩歲，比我們強壯也跑得更快。我們最後還是會抓到他，但重點是他能撐多久。

最後，我們在一棟房子的三樓抓到他。他累壞了，氣喘吁吁。我們活捉他，他完全沒有反抗，直接放棄。

然後，我們坐在階梯上聊天。我們也累了，因為我們用跑的上樓，但是我們告訴自己，無論如何他都逃不了，我們會抓到他的。他原本可以躲在房子裡，也就是他的巢穴，但這裡不是他的家。然後他說：「如果我認真起來，你們是抓不到我的。」

「我們原本可以更快抓到你的，只是我們不想殺你，我們覺得你很可憐。」

「抱歉喔！你們都沒有給我休息的機會，就算是真正的獵犬也不會這樣追。」

「那你為什麼要跑到路上呢？這明明就是犯規。」
「為什麼不行？不然我能跑去哪裡？」
「你可以投降啊。」
「投降也太笨了吧！你應該要開槍的，要是我被打傷了，你就能抓到我。有槍卻不開槍，算什麼獵人啊？」
這倒是真的，麥可應該要開槍的，但是他也一起追，忘記自己是獵人而不是獵犬了，真是個錯誤。要是他開槍，菲列就會倒地，因為他已經筋疲力盡，所以可以很有面子的投降。麥可也真是的。
「將軍在瑟措拉親手送他那把槍，他竟然沒用來打兔子，還真是個英雄！」
麥可有點不高興的說：「你要是嘲笑我，我就什麼都不跟你說了。」
瓦契擔心他們會吵架，所以就說：「還記得有一次我們在玩老虎從馬戲團脫逃的遊戲，我當英雄嗎？」
我們開始聊我們所知道的特技動物，有跳火圈的獅子、騎腳踏車的大象、猴子和狗。聊起狗時感覺比較興奮，因為每個人都看過，其他動物只有在書上讀過，或是聽說而已。

菲列的叔叔有一隻狗，牠會聽話、拿東西、裝死，而且還不讓你碰牠。還有一隻狗是放假回家的士兵所養的，牠受過訓練，主人會在院子裡跟牠玩很多把戲。他讓我們看刺刀，還告訴我們有關自動步槍和炸彈的事情。

「如果要打仗，我會馬上加入步兵團。」

「先問問他們要不要收你吧！」

「他太小了。」接著是嘆息聲。

接下來，我們還聊了水中精靈，說他們的腳像鴨子的蹼，而且會拯救溺水的人；我們也聊了溺水的人。天色已經暗了，再聊下去變得有點恐怖。

「今天老師在學校唸了因紐特人的故事。」我們聊起因紐特人和學校。

要是有真正的探險家和士兵來學校聊聊自己所做的事情，那該有多好。

「有一次，老師告訴我們他去塔特拉山[8]旅行的故事，還有暴風雨和雷鳴。如果親眼見過，說故事的方式就會完全不一樣；如果只是在書上看過，就比較無趣。」

8 位於斯洛伐克與波蘭邊界的山脈。

「不過，探險家只會把他們的故事告訴大人，你覺得這麼厲害的人會跟小孩說嗎？根本不值得。」

我們沉默了下來。警衛點亮了樓梯上的燈，他看見我們，於是開始趕我們走。「黑漆漆的，你們在這裡做什麼？趕快回家！」

他疑神疑鬼的環顧四周，好像認定我們在做一些不該做的事情。他大概覺得我們在抽菸，因為地上有火柴。他看了看火柴，再看看我們。

或許只有我們這樣覺得，但是不信任人是一件很糟的事，而且大人都習慣利用這種機會糾正其他事情。如果沒有發現其他事情，那倒還好，但要是發現了，通常會這樣說：「扣好你的釦子，為什麼你的鞋子上都是泥巴？你寫功課了嗎？讓我看你的耳朵。該剪指甲了。」

於是，我們一點一滴的學會逃避、隱藏起來——就算沒有做錯什麼事。如果他們剛好看了我們一眼，我們就開始等著被唸。這或許就是為什麼我們不喜歡拍老師馬屁的人，也許他不是真的馬屁精，但是因為他跟大人處得太好了，他不害怕大人的眼光，看起來就像跟大人是同一國的。

我當老師的時候，也做了一樣的事。對我來說，注意到很多事情、對小事提出意見是一件好事。但現在，我的想法不一樣了：當你看著孩子時，他應該要感到自在。如果真的有話想說，那些話也不應該是你突然想到的，而是你真心想對他說的話。

我們只是坐在黑漆漆的樓梯上。燈沒有亮的時候，我們能怎麼樣呢？我們只是在聊天。但要是這樣說，他們就會回答：「你們在這裡能聊什麼？肯定都是些不正經的事。」

我們聊的當然不是什麼聰明的事情，但是，難道大人的對話都充滿智慧嗎？為什麼總是馬上表現出瞧不起我們的樣子呢？

大人似乎認為他們很了解我們。小孩還能對什麼有興趣呢？他才幾歲而已，知道得少、懂得也少。大家一定都忘記自己以前是怎樣的孩子了，所以都認為自己是最聰明的。

「好了，回家吧，快點！」

我們不情願的離開，一階一階慢慢走，這樣他就不會覺得我們怕他。要是我們真的想繼續待著，做些不該做的事情，他也沒辦法盯著我們所有人——不能在這裡做，就到別的地方做；不能現在做，就待會再做。

★★★

晚餐還沒好，所以我開始跟我妹妹小艾琳玩。沒錯，家裡有爸爸、媽媽和小艾琳。我們玩起遊戲，我閉上眼睛、摀住耳朵並面對牆壁，這時她要把娃娃藏起來，讓我去找。等我找到，就要假裝不想還給她，把娃娃高高的舉在頭上，然後她就會拉著我的手臂呼喊：「把娃娃還給我，還給我。」

她必須說個十五次或二十次，當作贖金。如果我一下子就找到娃娃，贖金就會少一點；如果我很久才找到，贖金就會多一點。有一次，她把娃娃藏在枕頭底下，我一下子就找到了，她就只要喊「把娃娃還給我」十次。

另一次，她把娃娃藏在大衣口袋裡；第三次是在抽屜櫃後面；第四次在床底下。她藏在水桶裡那次讓我找了好久，所以她必須喊三十次，我才把娃娃還給她。

小孩的遊戲並不愚蠢。揭開祕密、找到藏起來的東西，都是在證明沒有東西是找不到的，這就是重點。東西愈難找，遊戲就愈有趣。無論尋找的東西是大人所謂的真相——發現、發明和知識——還是水桶裡或窗戶底下的娃娃。這個世界就是藏娃娃的小艾琳，而尋找石油的人類就是我這個小男孩。我才剛追了兔子，極盡雙腿能達到的速度與靈巧；現在則是在這裡憑著我的判斷力、聰明才智和毅力找娃娃。我們在人生中所做的事情不就是這些嗎？人類都成就了什麼呢？我們都在追兔子、找娃娃。

這漫長的一天讓我疲累，我想趕快上床睡覺。

「你怎麼這麼安靜呢？」爸爸問，「在學校不乖嗎？」

「沒有。」我回答，「我頭痛。」

「還是你想來點檸檬？」媽媽問。

我只洗了手和臉，迅速換好衣服就躺在床上、閉上眼睛。

回到十歲的第一天結束了，這一天發生了多少事情啊！我只寫了幾件我記得起來的事，這些記憶持續得比較久。

雖然一個人記得春天的豪雨，但他有辦法想起所有水滴，並描述出來嗎？河水暴漲，陣陣拍擊的波浪會同意你細數其中的水滴嗎？

我是因紐特人，也是獵犬；我追趕別人，也被追趕；我跑了第一名，也是一場意外裡不幸的受害者；我是藝術家，也是哲學家——人生聽起來就像一場交響樂。

我理解為什麼孩子可以是成熟的音樂家了，還有當我們細細欣賞孩子的話語或畫作，他終究會開始相信自己、展現自己。當我們洞悉了他的獨特之處與價值，我們就會發現他是感受的大師、是詩人、是藝術家。這一天會來到的，只是我們還沒真的長大成人，我們還太過沉浸在物質世界。

今天，我到永遠的雪國進行了遠征考察，我也變身成一隻狗，有著光亮的犬齒，還有很多，很多很多……。

我跟小艾琳玩的時候，娃娃可不只是一個娃娃，而是犯罪的贖金、一個必須找到的屍體。當我找到了，我也把它當成屍體，小心翼翼的拿出來。

那個娃娃是溺水的人，我則是漁夫。我在房間裡把船橫著划，把手臂當成漁網使用。娃娃也是歹徒。他躲在哪裡？我一邊戒備一邊在房間裡移動、蹲下，以免被射殺身亡；娃娃也不是被藏在大衣口袋裡或枕頭底下，而是在森林裡、地下洞穴、沼澤或海底。

我沒有告訴艾琳，因為她年紀很小，不會懂的，這是我自己的遊戲。

我忘記說了，媽媽剛好在我們玩的時候走進房間。

「把娃娃還給她，你為什麼要捉弄她呢？」

「這是我們玩的方式，這是一種遊戲。」

「你或許是在玩，但她開始生氣了，我在樓梯上就聽見她在呼喊。」

我也會想像地窖的角落有某種白色物體，像是被裹屍布蓋住的無頭男子。當我從地窖跑出來時，也有一瞬間不是在追兔子，而是在逃離那個鬼。只有一下子，但是我的胸口劇烈的怦怦跳，眼前也閃過三個黑影。

我沒有寫上課時我有多渴，而且老師還不讓我去喝水。

「很快就打鐘了，下課再喝。」

他說得對，但我是個小孩，我的時鐘不一樣，我對時間的感受也不一樣，我的行事曆長得不一樣。我的日子是用短短的幾秒鐘和長長的、像永遠那麼久的世紀來區分，雖然我只口渴了十分鐘。

「什麼時候才打鐘啊？我好痛苦，嘴巴要燒起來了，眼睛和腦袋都著火了。真的好痛苦喔，因為我是小孩。」

我沒有寫，朋友在下課時讓我吹他的新口琴——只是試一下，看這口琴好不好而已。他在吹噓這把口琴是最好的，而且不會生鏽。我吹了大約一分鐘，用外套擦一擦之後還給他，就這樣。當然，事情並非「就這樣」而已，因為要是他把口琴弄丟、跟人交換或是賣掉、弄壞，而我在半年內又有了自己的口琴，他大概就會要我借他使用；我也會想起這件事，然後借他。如果我不借他，他就有權利說：「你怎麼這樣，我都讓你吹我的口琴。」如果你要當一個誠實的人，就會記得他幫過這種小忙。

我也沒提到我有一件特別長的大衣——那是讓我長大後也可以穿的。我在追電車的時候，它妨礙到我；在我長大以前，它一直都會是我的阻礙，無論我是否常穿。同樣的道理，對孩子來說，這可不是一件小事。畢竟我怎麼知道還要多久才會長大，它才不會太長呢？要半年、一年，還是它永遠都會這麼長？

我沒有提到，我在玻璃窗上看見了一隻蒼蠅。看見牠我很高興，我偷偷從櫥櫃拿了一點糖，丟了幾顆給牠。我感到很雀躍，沒有讓小艾琳或任何人傷害到牠。

我發現一個酒瓶的軟木塞，以後會用得到。它就在我的褲子口袋裡，放在我的床旁邊。我還在路上看見一個士兵，我踢了幾個正步，還敬禮，他就對我露出友善的微笑。

我用冰冷的水洗臉，我很喜歡，這種感覺就像游泳一樣，是很舒服的冰水，是一瞬間的快樂。

當我是個大人時，有一張褪色又磨破的舊地毯。有次我走在街上，看見櫥窗裡有同款地毯，上面有同樣的花色，還是全新的。不知道為什麼，我慢慢的走過那間店，微微垂下了頭。

當我是個大人時，有人在長長的冬季過後來我的房間洗窗戶。經過這幾個月，窗戶變得非常髒。晚上下班回家時，我在窗戶前面站了很久，我看著閃閃發亮的窗戶，感到由衷的歡喜。

當我是個大人時，有次在路上遇到了叔叔。我很久沒有見到他了，但是我沒有忘記他。他獨自一人走著，皮膚很白，拄著拐杖。他問我過得怎麼樣。

「我變老了，叔叔。」我對他說。

「已經老了嗎？那我該說什麼呢？你還是個小伙子呢！」

我很高興他還活著，也很高興他喊了我的名字。

突然間，有一隻溫暖的手碰觸了我的額頭。我顫抖了一下，睜開眼睛，看見媽媽擔心的眼神。

「你睡了嗎？」

「沒有。」
「頭還痛嗎？」
「不會。」
「你會冷嗎，要不要幫你蓋被子？」
她摸了摸我的臉和胸口，我坐了起來。
「別擔心，媽媽，我的頭根本就不痛。」
「可是你說你頭痛。」
「我只是想睡覺，但感覺像頭痛。」
我用手圈著她的脖子，抱抱她、望著她的眼睛，接著就鑽到被子裡。我現在都還能聽見她的聲音：「睡吧，兒子。」
我回到了十歲，媽媽叫我「兒子」。窗戶又變得閃閃發亮，那張同樣花色的地毯也變新、變亮了。我又有了年輕的雙手雙腳、年輕的骨骼和血液、年輕的氣息、淚水和快樂。
快樂、淚水，還有稚氣的的禱告，孩子的禱告。我漸漸入睡，就像在一段長長的進行曲之後……。

3 下雪的日子

夜晚降雪了，外面變得好白，非常非常的白。

我好多年沒見到雪了。這麼多、這麼多年後，看見下雪了讓我很高興，一切又變得雪白。

大人喜歡好天氣，但是他們的喜歡比較小，我們的喜歡似乎大得多。大人也喜歡明亮的早晨，但是這樣的早晨對我們來說就像酒，讓我們陶醉在其中。

當我是個大人時，看見下雪就會想到之後的融雪，覺得鞋套溼溼的，也開始想有沒有足夠的煤炭過冬。大人的我當然也有快樂，但有點點的灰燼、灰塵和灰色的東西夾雜在其中。而現在，我的感受裡只有白色、透明和無盡的快樂，而且完全不需要理由，因為下雪了！

我慢慢的走、小心的走，用力踩踏就太可惜了。有雪的地方都在閃閃發亮。雪在變化、遊戲，而且是具有生命力的。我的心裡也有數不盡的小火光，彷彿有人拿鑽石砂撒在我的靈魂裡、撒在街道上。鑽石砂是種子，鑽石樹會探芽長高，還會生出不可思議的童話故事。

一顆微小的白色星星落在我的手上，是美麗又珍貴的小星星。可惜的是，它會消失、會被嚇跑。真可惜，不然我會對它吹一口氣，為這一顆星星消失感到高興，因為又有另一顆出現了。我張開嘴，用舌頭接住小星星。我感覺到雪的冰涼，還有它的乾淨與潔白。

當雪融化時，會形成冰柱。你可以用手把它折斷，可以用嘴脣接住滴下來的水。只要用力一揮，就可以用手臂掃掉屋簷底下的一排冰柱，它們在掉落和碎裂時會發出清脆的聲音。

冬天真的來了，春天也會。

這不是雪，是魔法師的王國，充滿魔幻色彩的肥皂泡。

還有雪球。雪球和小小的雪粒是惡作劇和驚喜，你想要多少雪球就有多少雪球！你不用買、不用借，它會不請自來，不用開口就能得到。抓起一把雪、壓一壓，它們會輕輕打中目標，接著崩解開來。這沒什麼，你馬上就會收到另一顆。有人拿雪球丟你，你也丟他，丟向他的背、手臂或帽子，然後雪一下子就消失了，只留下笑聲和怦怦跳的心。

你倒下來，假裝拍一拍身上。有些雪從衣領滑落，既冰冷又刺激，這是一場冒險。你開始滾雪球，它渾圓勻稱、愈變愈大。你選好一個位置，把雪球推過去。雪球變大了，你需要用到整隻手，而不是只有手心——感覺它愈來愈重了。你滑了一跤，慢了下來，然後更小心。誰的雪球比較大呢？接下來該怎麼做？要堆一個雪人，還是跳上去，用腳把雪球踩爛呢？

工人會把雪往道路兩側鏟成堆，你可以在雪堆中漫步，讓白雪淹到膝蓋。

哎呀，我需要一些木板和釘子！這是我最需要的東西，是全世界最重要的東西——沒有什麼比擁有雪橇更重要了，是以金屬為底的雪橇！該怎麼辦呢？該拆掉什麼、尋找些什麼，或是向誰央求，才能弄到木板呢？還有溜冰鞋，如果沒辦法弄到一雙，一隻也可以。如果沒有雪橇或溜冰鞋，你就會覺得自己像個孤兒。

這就是我們雪白的煩惱、雪白的渴望。大人們，真為你們感到遺憾啊！你們這麼缺乏下雪所帶來的喜悅之心！

風將屋頂上、牆上和排水溝裡的小星星收集起來，將白色的粉末傾倒在街道上，形成一片冰冷的白色雲霧。我瞇著眼，視線穿過上上下下的白色睫毛，只看見街道，沒有森林或田野——只有白色的街道和興奮又喜悅的稚嫩呼喊。再過不久，就會有小小的人影出現在住家屋頂上，他們會用鏟子把雪往下拋向圍籬外的小路。你會很羨慕他們，站在這麼高的地方有可能會摔下來，但他們卻不會摔下來。從高處把雪往下拋的差事很簡單、美好又讓人興奮，而路人也會讓開並抬頭仰望。

如果我是國王，我就會在冬季的第一天下令發射十二發禮炮，而不是學校的鐘聲，來宣告學校關閉。

每間學校的地窖或閣樓都有紙箱、木箱和木板。

這是「第一次玩雪橇」的紀念日。

電車會停駛，汽車也不允許上路。這座城市會被雪橇和鈴鐺占據，所有街道、廣場和花園將會屬於我們。這是學生的白色假期，也是下第一場雪的日子。

這就是我想要的。

只不過，現在依然是上學日。我知道這並不是學校的錯，但是我感到難過。我得在位

「你不專心，去角落罰站。」

我故意慢慢走到角落。

「走快一點。」

有人笑了出來，班上經常有人毫無理由的大笑，然後其他人也會跟著笑。

我的腳開始痛。其實不是真的痛，但我的腳開始受不了了。這似乎有點奇怪，比賽跑步、滑雪橇和溜冰時我都很有力氣；但是，現在的我並不是故意搗蛋、不聽話或懶散，我不是故意要當愛搗蛋的學生，而是真誠又痛苦的「做不到」，彷彿有人抓住我的腳，把我的腳當成樹枝折斷。

「在角落罰站」是嚴厲的處罰。我很虛弱、不喜歡坐在位子上、我癱在座位上、我坐不直，所以現在必須站著。

我安慰自己：

「待在角落比較好，如果有同學開始不守規矩，我就不用一起挨罵。」

這是有可能的，因為在沉默之中，有潛藏的傷口在隱隱作痛、有報仇的渴望在等待信號。不怕死的人會不會出現呢？我很清楚，若是有人開始搗蛋，一定會愈演愈烈。

於是，有人把筆尖刺進書桌，再把筆桿稍微往後拉，然後放開，發出震盪聲。老師沒有聽見，但我們聽見了——這是第一個小小的嘗試。要抓到是誰做的並不容易，因為他把筆尖插得很深，只要輕碰一下，就會發出振動聲。

現在聲音變大了。

「誰在發出嗡嗡聲？」

沒有人回答。

現在有兩個人在輪流發出聲音了。

什麼時候才會下課呢？不能再這樣下去了。要是牆上有時鐘就好了，為什麼牆上沒有時鐘呢？為什麼老師就知道時間，我們就得陷入絕望呢？

「我問是誰在發出嗡嗡聲？奧謝斯基，是你嗎？」

「什麼？我什麼都不知道。」

「那是誰？」

「我不知道，你卻馬上就懷疑我。」

全班都從沉睡中甦醒，這下愈來愈有趣了。我們在等待更大的振動聲。老師已經猜到是怎麼回事，接下來會有第三個人加入，故意擾亂她。那個人說不定正在把筆拔出來、露出無辜的表情，或是把筆插進木桌。

「全班都把手放在背後。」

終於打鐘了！雖然感覺很差勁，但現在我知道為什麼學校會要求學生把手放在桌子上，還要我們兩人一組離開教室。

因為我們會衝向門口、蜂擁而上，就像旋風。

教室門應該要寬一點才對，這樣才足以應付火災或是這種下雪的日子。我們又推又擠，為了把握每分每秒。我們想要掙脫這間教室，但距離外面好遠，還有好多阻礙——狹窄的門，擁擠的走廊、樓梯，還有川堂。我們都想成為第一個跑到外面的人，於是我們用手肘、膝蓋、胸口和頭為自己闢路。我們跑得氣喘吁吁，手也因為冰冷的雪而發疼。

有個東西倏的一下掠過你的眼前——開始了！

是第一顆雪球，無論是怎樣的雪球——砰！——砸中了第一個人。那個人不會生氣，這是多麼驚奇又刺激的遊戲，而且不會有人干涉——他們不敢，也不會冒這個險。

工友知道階梯會被弄得泥濘；老師都躲進了辦公室、抽著菸。他們假裝不知道這回事，因為知道了也沒什麼用。這十分鐘是我們的，他們會說我們像雪崩、颱風，是所有災難的集合。

沒過多久，有人的地方都上演了雪球大戰——失控的混戰，就在你我身邊。這場仗沒有敵人，你不會想要傷害別人，但還是得取得勝利。你不會去數自己被砸中幾次，或是砸中別人幾次；你不會去檢查自己有沒有丟準，背部被人丟中也沒有感覺。你只會努力站穩，直到最後。

有人狠狠跌了一跤，有人在檢查某樣東西——衣服或褲子上的痕跡，還有被扯破的地方。我們看不見那些痕跡，也不會為他感到難過。

只有出了可怕的事情才能打斷這場遊戲——也許是窗戶被打破，或是有人真的流血。但是也沒有人知道我們是不是真的會就此停手，說不定只會暫停一下而已。

這場遊戲沒有任何計畫，也沒有帶頭的人。大家都是一起的，也都各自對抗著別人。或許你會有偶然的隊友，不過也都很短暫。

我們這裡有三個人在狂轟某一個人，我們已經把他逼到角落，他也把腳底下的雪用光了。由於他的動作不夠快，只能以毫無威力的雪粉攻擊。他也不能彎腰，因為我們就站在他的面前，直直的近距離攻擊他。

「投不投降？」

「不要！」

他是對的，因為其中一人突然丟了一顆雪球到自己的隊友身上。是叛變──讓人驚慌失措的攻擊。不過這也不算是叛變，而是該一哄而散的訊號，該去更有趣的地方了。

他不投降是對的，因為他在最後一刻被解救了。突然間，一堆雪球砸中我們毫無防備的背，他便在困惑中夾著尾巴脫逃。他從頭到腳都是白色的，但是沒有打輸。

若不是這樣，我們三個人之中可能會有人拿著匆匆做好的雪球，或是抓一把鬆散的雪塞進他的嘴裡，或抹到他的臉上，然後混在雪中的小石頭就會刮傷他。這樣做當然犯規，但是打雪仗哪有什麼規則呢？

又或者，我們會突然放棄，不知道該攻擊誰，又該跟誰當隊友。我們搞混了。熟悉的臉孔飛奔而過，不太熟悉的跑了過去，還有完全不認識的人。我們努力奮戰，抵抗的對象不是人，而是時間。每一刻都要好好把握，每個零點零一秒都很珍貴，我們要榨乾、擠乾、吸乾每一個瞬間，直到萃取出最後一點一滴的快樂。

突然間，我跟另一個人倒在雪裡。我在上面，還故意讓步，讓他有機會復仇、讓他暫時爬到上面，就那麼一下子。他明白了，於是我們站起來一起奔跑，或許牽著手，或許往不同方向跑去。

目標：忍耐雪仗中所有可能的狀況。要盡可能去享受和吸收各種感受，訓練每一條肌肉與神經，從肺的最深處呼吸，讓心臟不停的強力跳動，輸送一波一波的血液。

由於我們也會沉浸在狂喜之中——白色的狂喜，不是紅色的。一切都不會被遺忘。在接下來那些無聊的課堂上，我們會慢慢消化這段驚奇冒險的每一個瞬間，消化那些強烈的感受。

孩子會成長——這難道不是事實嗎？身體和靈魂都會成長嗎？我要以科學的方式證明，下課是他們成長最多的時候。我要告訴你，這點毫無疑問。

但是鐘聲響了。沒關係，這樣更好。鐘聲讓我們玩得更起勁，就像樂隊之於行軍中的軍團。如果我們在打鐘前還保留了一點體力，那鐘響之後，一切都會翻轉。我們會用完最後的一點一滴、用乾用盡（絕對會的）、用光每一分力氣，就像在極致的高溫中舞動，一頭栽進最激烈的戰役中。

這是決定性的時刻，也是危險的、人會下意識反應的時刻。這個時候，所有估算和考慮都不存在，玻璃也最常被砸破，因為雪球的速度很快，一不小心就會弄斷窗櫺的支架。這時你可能會突如其來的打一場棘手的小架，原因不是你看對方不順眼，或是想報昨天的仇，而是因為鐘聲在召喚你回教室，但他不小心推了你一把，或揍了你一下。在打鐘前，這件事可能會被你忽略，你根本就不會去注意；但是現在，因為鐘響了，你感覺到了，便不會就這麼算了。事後你可能會感到驚訝，甚至羞愧或後悔。你的朋友也會為你感到難過，還會後悔沒能及時阻止這場架。

美好的遊戲就這樣毀了，真可惜。

美好!?

人的語言真是貧乏，但你還能怎麼形容呢？

如果我是工友，我就會在這個充滿白雪的下課當中把鐘敲久一點。因為只要他還在敲鐘，我們就不會知覺到任何事。嗡嗡的鐘聲讓我們想繼續玩下去，只有鐘聲停止，寂靜來到的那一瞬間，遊戲才正式結束，我們才願意罷休。兩側的人開始散去，比較守規矩的學生開始回教室。你在他們的動作中發現遲疑，在眼神中看見不確定。你的自信不見了，變得沒那麼堅決，你知道你必須退讓，但這就等於戰敗、棄守、背叛。

已經沒有聲音了，但是第二次鐘響馬上就會填滿這裡，到時候就太遲了。

我們跑向川堂，負責清潔走廊的人可能會在那裡把我們攔下來。

「把鞋子擦一擦！」

有人從這裡，往出入口附近的同學用力丟出最後一顆雪球。那顆雪球形狀完美、壓得很扎實。丟的人可能太緊張、沒有瞄準，或是想偷偷報仇，所以丟偏了。他沒砸中人，而是砸中了窗戶。

等我再次長大，我就要大聲疾呼，強力的提出一個問題，而且這將會是我每天的第一要務：「我們一年可以砸破幾扇窗戶？」你說「一扇都不行」是嗎？那就太荒謬了，你自己都不敢相信。

玻璃應該是腓尼基人發明的，幾百年之後，怎麼會沒有更耐用的玻璃被發明出來呢。那些化學家在做什麼？實驗室裡的物理學家又在做什麼？真的沒有其他玻璃能用嗎？

不讓窗戶破碎，錯的是那些人，不是我們。危機出現時，為什麼我們要突然僵住、失去活力，等待不幸的後果呢？如果我沒有錯，為什麼要躲起來或逃離犯罪現場呢？為什麼我們在場的所有人，都突然變成了嫌疑犯？

為什麼才過五分鐘……嗯，六分鐘的下課時間，我就得面對這麼可怕的眼神和殘忍的問題呢？

「是誰做的？」

「不是我。」

雖然我說的是實話，卻感覺像在說謊。這樣說或許比較恰當：

「不是我，但這是意外。」

我知道有些跡象顯示可能是我——衣服上的雪。跟其他人一樣，我剛才也在丟雪球，這沒有問題吧？可以丟雪球吧？還是不行？我趕回教室，想準時上課，但我真的確定自己沒錯嗎？還是我真的有錯呢？為什麼我沒有一打鐘就回來？可是，你真的有辦法馬上拋下雪仗嗎？

「不是我。」

我丟了一些雪球。一些？我不知道是多少。你會去數有多少顆完整、完美的雪球，或是匆忙之中做的半顆和四分之一顆雪球嗎？

然後，總會有這種可怕的騙子說：

「我只有朝那個方向丟了兩顆。」

在這場災難中，我們團結一致。我們認為那個倒楣的人也是無辜的，因為事實就是，把窗戶打破只是一場意外——對打破的人來說是如此，對其他人來說也是如此。這就是我們現在認為的，而且頂著羞愧的壓力時，你頂多只能說：

「不是我。」你只有在壓力下才會這樣說，而且不是心甘情願的。

這才是真正的答案：我們連一扇窗戶都不能打破嗎？如果可以打破一扇，難道不能就是現在這一扇嗎？我知道你不會回答，因為你不知道也不了解雪。你甚至不想了解，且視而不見。

所以，我要這麼說：

人的一生中，像這樣的下課時光少之又少，有時候一整個冬天可能都遇不到，因為天氣要有一點溫暖，否則雪就會像粉塵，無法聚合在一起。你的手也會凍僵。雪要帶一點水分才握得住，當然也不能太熱，不然就會融化。這場雪必須在夜晚或早晨時才降下，不然會被掃走；還要是最純淨的初雪，這樣雪裡就不會有冰晶或是帶著土屑。我們這些了解雪又崇敬雪的人，可以在靈魂深處強烈感受到這些。

我們知道你們對我們不滿，有時候你們是對的，我們的確太喜歡跳到沙發上了。你們說沙發都快壞了、彈簧會斷，但又不是全部斷掉，也不是馬上斷掉。這是我們的想法，但是我們只有十歲，沒辦法證明給你們看。

你們不准我們用門敲開堅果，說我們會把門弄壞。這就更好笑了，房子又高又堅固，可以使用幾百年，而門明明是房子的一部分。真奇怪！我們年紀這麼小，才剛開始觀察一些事情；你和全世界的人都好奇怪，但是我們可沒有指責你們的惡意。鐵會斷？真的嗎？衣服會破？唉！

窗戶會因為微不足道的原因就破裂嗎？窗戶自己就會破，不是因為我們。地球就很堅固，難以撼動。我用力敲地板、牆壁、窗戶、扶手、櫥櫃、桌子和轉角，我都會痛，有時候是真的很痛。

突然間，神為我們鋪了大地，為孩子鋪了地毯，就像鳥會用羽毛為幼鳥築巢。冬天沒有綠草，而且會有好長一段時間都沒有草，就算有草，草地也被圍住、不能踐踏。但是有了雪，我們就可以做想做的事了。

有些雪球會讓人受傷，有些很安全，就跟步槍的子彈一樣──有的很實用，有的應該要被禁止。霰彈炮、炸彈、手榴彈也是。但是對你來說卻一樣──雪球就是會打破窗戶。這樣太固執了，是一場戰爭。

而且這件事情還跟我沒有關係。

「那是誰？」

我聳了聳肩。

「不知道。」

我真的不知道。就算知道，我還是會說「不知道」，因為只是「有可能」而已，我應該會再去弄清楚，隨口問一問、調查一下。我當然無法確定就是某個人做的，沒有別人，就只有他。

畢竟我在趕路，因為鐘聲已經結束、已經很晚了。我筋疲力盡又興奮過頭，也很害怕。我只是「有可能知道」而已。

有兩個人，肯定是其中一個人做的。有一張臉掠過，然後消失。還是有第三個人呢？或是雪球自己亂飛？這是需要確認的。你需要時間，但是老師現在就想知道答案。就讓別人來回答吧，說不定別人站得比較近，看得比較清楚。

我們在那裡站了很久，不耐煩的默默生氣。我自問，大人難道不會遇到這種狀況嗎？我只想得到一個：

有一次我參加了一場遊行，突然傳出槍響，警察立刻包圍我們說：「是誰開槍？」我沒有犯罪，但我知道他們即將展開調查，「可能是這個人」與「不是這個人」的線索都會被詳加考量。而我們小孩子的事情倒是處理得很隨便，為什麼會這樣呢？為什麼我們沒有犯錯，卻這麼常被處罰呢？為什麼我們允許大人不公平的處罰小孩、認為這是小事，而且不需要向任何人報告呢？

宗教課很快就結束了，我想了想被法老王關進大牢的約瑟[9]，他當時在解夢。雖然最後約瑟迎來了好結局，但被兄弟出賣、被惡意指控的感覺一定很糟，他還被銬住，待在黑暗的牢房裡這麼多年。我站在角落的時間很短，卻是多麼的痛苦啊！我站在教室裡，這裡

9 《舊約聖經》中的人物、亞伯拉罕的曾孫、以撒的孫子、雅各的第十一個兒子。被同父異母的兄長賣給以實瑪利人為奴，後在法老守衛隊長波提乏手下擔任管家。因其長相俊美，波提乏的妻子欲勾引他，但是約瑟不從，而後被陷害入獄。

有窗戶，我也知道自己只會站到鐘聲響起。為什麼我們沒有學到埃及的囚犯是什麼模樣，或是約瑟痛苦了多久呢？我為他感到難過，我希望給予他所值得的同情。但那些我都不了解。之前，我想了解因紐特人的一切，現在我想了解約瑟的一切。

很久以前，學校裡是沒有照片的，我那個年代則是一部電影也沒有。沒有電影，孩子過得多麼可憐啊！他們會談論高山、海洋、沙漠、古時候的戰爭和野人，想要見識一切的渴望愈來愈強烈。現在，當你離開電影院漆黑的放映廳時，至少你可以說：「我就在那裡，我見到了。」

同學的低語聲打斷了我的思考。我們又開始渴望，期盼著那十二發禮炮。

我們的背在痛，而且真的感覺到了——一定是因為被堅硬的雪球打中的關係。但是這種小疼痛其實讓人感到開心，就像爸爸展示給兒子看的傷疤，那是一種驕傲，並不痛苦，而且你會這樣說：

「這沒什麼，根本算不了什麼。」

我轉頭望向亞內克，他被我打中了額頭，連帽子都掉下來。他馬上就發現我在看他，於是露出微笑，用眼神回應：

「我記得。你等著吧，我馬上就會復仇，不會放過你的。」

我不知道我們是不是比大人還常笑，但有一件事情是肯定的：他們的笑沒有太大的意義，而我們十分清楚這一點。有時我們的笑比話語傳達了更多意思——一個深具意義的眼神、一個意味深長的微笑。但是顯然大人都知道，因為他們不准我們轉頭看別人或是在課堂上大笑。

等我再次當老師，我會試著跟學生互相理解，這樣就不會有彼此對立的感覺——一邊是班上的同學，另一邊是老師和幾個拍馬屁的學生。我會努力的真誠待人，例如遇到像今天這樣的初雪時，我會在課堂中突然拍手，並說：「請大家記住現在所想的事情，不好意思說的人就說『不想說』，不用有壓力。」

這不會第一次就成功，但我會經常嘗試，只要發現學生沒有專心上課，我就會這麼做。

然後一個一個問：

「你在想什麼呢？你呢？」

如果有人說他在想課堂上的東西，我就會問：

「你應該沒有說謊吧？」

如果有人笑出來，我又發現他不想回答時，我就會說：

「也許是你不想在大家面前說，那就用悄悄話告訴我吧，我會在下課時把它寫下來。」

他們會說：「為什麼老師要這麼做呢？」

「我想要寫一本跟學校有關的書，」我會這樣回答，「我希望大家能夠接受學生在上課時不可能總是保持專注，或許冬天可以下課久一點，而天氣好時學生也可能比較無心上課。有很多人寫跟學校有關的書，每當有人提出新觀念，就會對學生和老師更好。因為有一天你們會畢業、開始走自己的路，但是我們這輩子都會待在學校。」

然後我的學生會大吃一驚，因為他們從來沒想過老師也要去學校，而且待在學校的時間很長。對於我們想要看見的改變，都要提出建議。我會告訴他們，老師最常發生的狀況就是喉嚨痛和焦慮，還有我們焦慮的原因。

等大家都老實說出上課時在想什麼之後，我就會開玩笑的說：

「我會給所有不專心上課的同學零分。」

「噢！老師好狡猾喔！」

然後我會說：「不可以說老師狡猾。」

他們會說：「為什麼不可以？」

我會解釋，接著又說：「還是我要給專心上課的同學零分呢？」

有些人會開始喊：「好，好，好！」

其他人會說：「為什麼是我們？我們在專心上課吔！」

「但是你們還是不夠專心。」我會這樣說。

「為什麼？」

「今天下了初雪，你們竟然沒發現。」

「可是這堂課又不是在上『雪』。」

「那我今天就不要給零分好了。」

「今天不要，以後也不要。」

「不給零分好難受啊。」

「零分很糟吔。」

「給零分也很糟，不如給一百分。」
「那就給吧。」
「這樣可以嗎？」
「當然不行……。」
然後我們就這樣繼續開玩笑，直到下課。
你想想，這多奇怪啊！我想回到小時候，現在卻在思考長大後要做些什麼。當小孩或當大人似乎都不是最好的，大人和小孩都有他們的擔憂。
或許，人可以有時當大人、有時當小孩，就像夏天與冬天、白天和晚上、睡覺與清醒。如果可以這樣，大家就不會感到意外，大人和小孩也可以互相理解。
下課時，大家的嬉戲聲變小了。我們分好了隊伍。雪被踩踏過，比較不容易做出雪球。有些人試了一下，但是想玩雪橇的人比較多。一位同學在後方當雪橇夫，兩位在前面當馬。我們連成一串，就像嘉年華會的遊行隊伍，或是消防車、炮兵連。
每個人都有自己的想法，但是我們都在比速度，看誰的馬比較好，或是誰的雪橇比較好。

一開始大家還很有秩序，可是後來就亂成一團，開始互相撞來撞去，演變成一場火車事故。所有人跌在地上、推來推去。一群人之中總會有比較野蠻的人，然後就會有人哭。不是某個人的手被踩到，就是某個人的肚子被踢到，而踢人的還穿著鞋底鑲著金屬的靴子。他們用力擠他，讓他喘不過氣。

不是所有人都喜歡玩得這麼野蠻，完全不是這樣。有時候，我們寧願不玩，也不要跟野蠻、愛推擠、吼叫打人的人玩。因為要是在開玩笑時惹到他，他就會馬上使出全力揍你來報仇。他不會考慮任何事情，會拉扯你的衣服，好像他一點知覺都沒有。有多少人心裡想玩，卻這樣說：

「我不想玩。」

因為他在那裡。

「他玩我就不玩。」

就讓他們自己選吧。

有時候，他們還會不敢說出真正的想法，因為那個人會開始咒罵，或是糾纏、惹惱他們。不如這樣說比較好：

「我不要玩。」

如果他們自己想通了，那很好；若沒有，就太糟了。真可惜，在遊戲場上，並不是所有野蠻的同學你都認識，你不可能認識學校裡所有的人，所以經常吃虧，你也沒有時間先做好準備。因此，如果有人發起一個遊戲，而且大家都很喜歡，那所有人都會加入，彷彿他發出了信號。我不得不說，這些傻瓜（我們就是這樣叫他們的）其實是好意，只是他們不知道怎麼做。

老實說，我們自己也會撞成一團，就像電車撞上轎車，或是兩架飛機相撞。但是我們只有兩個人相撞，而且是擦撞。我們接著開始互相追逐，這時有三個野蠻的傢伙想跟我們對撞，我們便到一旁停下來說：

「走開，我們才不要這樣！」

整個下課，兩輛雪橇都在互相追逐，我們這組配合得很好，在我們逃離一輛加速的雪橇時，只有一批馬撞到了頭。另一輛雪橇出現在我們旁邊，我們來不及閃到一旁，接著就——砰！撞上對方的車頭。那個人沒有哭，不過他不想再當馬了。

我的釦子被扯掉，但我把它撿起來放進口袋，回家再縫起來。

我們只在一個地方遇到猛烈的攻擊。我們飛奔過一個雪球齊發的地方。不玩遊戲的人是不會懂的，重點不是只有跑來跑去，你心裡的感受也很重要。紙牌遊戲，甚至是下棋，都只是在丟牌或移動棋子；而跳舞，是一圈一圈的轉。只有玩遊戲或會跳舞的人，才能真正了解發生了什麼。

你不該小看「遊戲」，也不該干擾遊戲進行，更不該突然打斷遊戲，還硬要指定某個你不喜歡的人跟你一組。如果我在駕駛馬車，我希望馬匹的大小一致，不要太大也不要太小。馬匹要活潑，但也要聽話和聰明。如果我是馬，我不希望馬車夫愚蠢或粗暴，因為我會自己決定步伐，我不想被推拉或鞭打。當馬和當馬車夫的感受是不同的。而且你怎麼知道呢？我會噴著鼻息，我會在原地不耐煩的跺腳，或是大喊：「嗚——嗚！」

總之，最重要的是盡可能的到處跑，因為之後還要上一小時的課。

★★★

我不確定今天是不是該跟穆德克一起回家。如果放學回家有固定的路線，而且開始跟某個人一起走，你就得每次都跟他一起走。但是這樣也可能有壞處，之後要跟他分頭走就不太容易，除非跟他吵架，或是打架。

有些同學，沒有人想跟他們一起走路回家，他們總是跟不同的人湊在一起。還有一些人比較喜歡獨自回家，但這樣的人不多。有些人喜歡熱鬧，但最常見到的是兩個人結伴，或是三個人同行——其中兩個是朋友，第三個人只是湊熱鬧，不過卻讓另外兩個很驚訝。有些人在第三個人加入時會心生嫉妒，這種人不太友善，讓人感覺你好像是他購買的物品。

兩個人之中，若其中一個人想繼續結伴同行，另一個人卻覺得無趣或想跟別人一起走，這樣就不太好。於是，那個人得偷偷溜出學校，以免被原本的同伴看到。如果同伴有自覺，就會理解並自己回家。不過別人也可能會製造麻煩、說出祕密或是說謊，把朋友變成最可怕的敵人。

跟你一起回家的人不一定都會是你的朋友。你真正的朋友可能住在完全不一樣的方向，就連同路一小段都沒辦法，從一開始就要往不同方向走。所以，「朋友」和「你想一起回家的人」完全是兩回事。朋友就像兄弟，有時甚至比兄弟更好，不過你比較了解你的兄弟，所以你們不會有所誤解。但是當透過談話和另一個人變得親近時，儘管他可能表現得很和善，你依然會誤解，因為他有可能是裝的。他在你面前是一個樣子，在背後又是另一個樣子，不然就是說的跟做的不一樣。如果你跟兄弟吵架，那就沒有別的辦法了——吵完之後你還是得跟他和好；但若是跟朋友吵架，就可以從此不再跟他來往。

我第一次當孩子時有很多朋友。我跟第一個朋友維持了一年的友誼，但我只有其中幾個月是喜歡他的。我發現他想說服我去做會惹禍上身的事，就等著他跟我絕交、分道揚鑣，但是他沒有這麼做。直到他在班上被排擠，我才擺脫他。

我跟第二個朋友也處得不是很好，很容易吵架。我送了他幾個禮物、借了五十或六十分錢給他（我就是用這個方法擺脫他的）。

在那之後，我就非常小心。別人想跟我當朋友，我會跟他們同行一次或兩次，但是之後就會假裝要去別的地方，或是得回學校拿忘記帶走的筆。再不然就是在打鐘前就把所有東西收拾好，接著匆匆抓起外套跑掉。

「你昨天怎麼了？我在等你吔。」

「我也不知道，我自己走回家了。」

最後我找到了一個朋友，真正的朋友，是沒來學校時會讓你感到難過的那種朋友。上課時，我想跟他一起坐；下課時，如果沒有他我就不想玩。但是他經常不跟大家一起下課，而且頻率愈來愈高。我們不會在路上打鬧，因為他走得很慢。

別人都說：

「他走得這麼慢，你不會覺得很無聊嗎？他是娘娘腔，還親女生。」

他不是娘娘腔，只是有心臟病，而且他根本沒有親女生。他有一個表妹，那時我們已經是大孩子了——四年級或五年級——他的表妹則是一年級。我們有時候會遇到她，她就會親這位朋友。她年紀很小，還是朋友姑姑的女兒，這有什麼問題嗎？

我還有另一個朋友，他比我大兩屆。有時候，高年級的學生會認識年紀比較小的學生，如果同時間下課，就會一起走回家。不過有一次，他叫我等他，後來卻跟朋友一起走，還故意聊天，假裝沒有看見我。我在旁邊慢慢跟著，就像馬車的第五顆輪子。我知道他很忙，便走到馬路的另一邊，看他會不會問我為什麼要走掉，但是他什麼都沒有說。我沒有生氣，但是心想：「他反而幫了我一個忙。」於是我就不再跟他當朋友了。

這些我都記得，所以我現在很小心。我比較喜歡等待，直到找到可以一起奔跑嬉戲，又可以談論各種事情的人，不單聊學校的事情，而是不同的事情。

所以，現在的我正在回家路上，穆德克追了上來，說：「我剛才在學校找你吔。」

我沒有回話，我們肩並肩的走，他問：「還是你不想跟我一起走？」

我發現他很敏感，別人就不會這樣問。

「我想啊。」我說。

他小心翼翼的看了我一眼，想知道我是不是認真的，還是只是隨便回答。接著，我們都笑了出來。

「想不想追電車？」

「我們每天都追電車。今天下課，我已經跑得夠多了。」我們停在商店的櫥窗前。

「你看！那些圓規好漂亮喔，如果想畫一個大圓圈，就需要用它。你覺得這種圓規要多少錢啊？你會想要嗎？你看，金色的墨水，還有一個好小的墨水瓶，那是旅行用的。我得買一枝畫筆，不過不是在這裡買。法蘭沃斯基一個月前在轉角那裡買了一枝。我的筆才剛買，筆毛馬上就掉了。那間店根本是強盜！如果可以的話，你會想買櫥窗裡的哪樣東西啊？如果他們讓你選呢？我會選圓規，還有這個黑色的小玩偶。」

「你怎麼選了兩樣？」

「好吧，那就圓規。」

我們在隔壁的商店「選了」一塊很大的巧克力——如果他們讓我們選的話。然後，穆德克選了一個花瓶給他媽媽，我則選了娃娃給小艾琳。珠寶店展示了手錶、耳環，還有鑲著寶石的胸針。我們並不貪心，我們有興趣的是手錶，還考慮了很久，究竟是腕錶比較好，還是有鏈子的懷錶比較好。

我們小孩跟你們大人不一樣，我們對商品的售價不太有興趣，只知道東西實不實用，而且隨時都願意把昂貴又不必要的東西，拿去交換我們認為必須擁有的東西。如果你想知道我們的交易祕密，那你就要知道，我們的交易有時候看起來也像詐騙。

我第一次是個孩子時，收到了一份禮物——是溜冰鞋。那時候溜冰鞋還非常少見，是稀有又昂貴的禮物。結果呢，我拿溜冰鞋換了一個櫻桃木做的鉛筆盒。它是圓型的，上面連著一隻玩具小狗。雖然那隻狗少了一隻眼睛，但這個鉛筆盒還是很棒，畢竟你每天都需要它，但溜冰鞋卻很少用到，而且那年冬天剛好不冷，沒有冰可以溜。當家中大人發現我這麼做時，就大吵大鬧了一番，於是我不得不把鉛筆盒還回去。這讓我非常難堪，如果溜冰鞋的確屬於我，我應該有權利依照自己的想法去做。我比較想要有瞎眼狗和香氣的木質鉛筆盒，這對別人來說很重要嗎？跟我交換的男孩並沒有騙我，我知道溜冰鞋比較貴，但我想要的是鉛筆盒。沙漠中的旅人，難道會拒絕把一袋珍貴的珍珠拿去交換水嗎？

對於要在木櫃師傅的櫥窗裡選什麼，我們給了對方很多建議。我們都想要帶鎖抽屜的小桌子，但是大人會同意我們把這個放在房間裡嗎？還是要選送給爸爸媽媽的東西呢？可是如果可以擁有一張自己的小桌子，一定會很棒。

我們開始聊起我們的家，這對穆德克來說很糟，因為他爸爸會酗酒。

有酒鬼爸爸是很可怕的事，他們不該讓酒鬼結婚的，這樣只會為他們的妻子和小孩帶來痛苦。

「我們都很害怕發薪水的日子，擔心我爸爸是會拿錢回家，還是會讓我們餓肚子一整個星期？你想想這有多糟：他喝醉的時候就會失去理智，但是睡一覺之後，他就會感到羞愧，還會頭痛。」

「不能叫他別再喝酒嗎？」

「我能說什麼呢？我媽媽已經哭得夠多了，還又吼又罵。他說過不會再喝，但還是一樣，就像小孩子。」

「為什麼你不試著跟他說真心話？」

「不知道為什麼，我覺得有點羞愧。有一次我們去拜訪爸爸在鄉下的朋友，他們在那裡喝酒，但爸爸說他不想喝——他才剛對媽媽發誓會滴酒不沾。然後，他的朋友就開始勸他，要他至少喝一小杯。我拉了拉爸爸的袖子，我知道如果他喝了這一杯，就會喝另一杯。這時，爸爸站起來說：『我們去河邊吧。』於是我們就去了。鳥兒在歌唱、麥子似乎都在向我們彎腰行禮、陽光閃耀。被爸爸牽著手的感覺真的很好、很開心。我們坐在河邊，爸爸依然牽著我的手，他的手抖了一下，彷彿被蕁麻刺到。我說：『爸爸，你看，不喝酒比較好吧！』他看了我一眼，但我卻覺得無比難堪，為他感到非常的難過。

「他看著我的樣子好傷心。你知道嗎，有時候，當狗跟你乞求東西，或是害怕你會打牠的時候，就會用這種方式看你。我知道，我知道人是一回事，狗是另一回事，但是對我來說就是這樣。這輩子，我都不會再對爸爸說這種話了。他好像有了體悟，一直望著河水，最後才說：『這種生活不是人過的啊，兒子。』然後他嘆了口氣。我想要親親他的手向他道歉，但是爸爸牢牢握著我的手，不肯放開。我真的不知道，我的話是不是冒犯了他，也許他覺得自己不值得被親吻。

「爸爸沒有回去找其他人，只叫我去幫他拿回拐杖、跟大家說他頭痛，因為他不想被大家笑。他到商店買了一些脆餅，我一個都沒吃，全都給了我弟弟。我真的很想吃幾個，這樣爸爸就不會覺得我瞧不起他，但我就是做不到，有個東西阻止了我。後來有好長一段時間，他都沒有喝酒，大概有一個月吧，媽媽也覺得這樣很好。然後有人跟媽媽說，當一個人想要改掉壞習慣，開始垂頭喪氣、低落的走著，只表示他還沒有打破承諾；唯有等他不再去想這件事，又開始快樂起來，才代表他不會再做這件事。聽我說，不要告訴學校裡的任何人喔，這件事情我只告訴你。你不會說出去吧？就算我們吵架也不會說？」

「我們為什麼會吵架？」

「你不覺得嗎？總會發生些什麼事，然後我們就會吵架。」

然後我們又聊了一些事情，關於世界上有幾種人的事：愛喝酒的人、不想工作的人、偷東西的人、只喜歡一種東西的人、喜歡不止一種東西的人。一個人要麼喜歡某件事情，要麼不喜歡。舉例來說：有些人不喜歡剪指甲，因為剪指甲會痛，所以他們的指甲就很長；還有人會咬指甲；又或者，有東西扎進了你的手指，然後很痛；還有，指甲上可能會出現白點，這是為什麼呢？

有人說這代表好運，但也有人說是代表嫉妒。總會有人有不一樣的說法，最後你就不知道該相信誰了，這個世界上的謊言真是多得可怕。

我們就這樣聊了好久好久，以至於我太晚回家吃午餐。我先陪他回家，然後他陪我回家，所以我們就這樣來回的走。不過因為到處都是雪，這樣邊走邊聊天的時光很愉快。

媽媽開始唸我：說我為什麼這麼晚回家吃午餐；說我到處跑；說她做菜洗碗這麼辛苦；說我會把鞋子穿壞；說我不是女生，不然就會幫忙做家事；說她要去學校告狀；說我長大後會是個一無是處的懶人；說應該要讓艾琳當姊姊、我當弟弟；說她會被我害死。

我站在原地聽她嘮叨，但我完全聽不懂。

如果我晚回家，就讓我吃冷掉的午餐，或是乾脆不讓我吃；我也可以洗自己的碗。

媽媽端來我的午餐，但是我沒心情吃，她吼得更大聲了：

「好了，快吃啊！還想抱怨，一臉不高興。」

我不想繼續惹媽媽生氣，所以我開始吃，但每一口都卡在喉嚨、吞不下去。我默默祈求，希望食物可以突然消失。

到了晚上，我才知道媽媽的洋裝被蛾咬破了一些洞，過幾天有聖徒紀念日派對，但她的洋裝被蛾給毀了。於是，蛾做的事情就讓小孩倒楣了。

這種不公平反而更讓我受傷。當你被罵的時候，不知道大人生氣的原因還比較好。你感覺得出來他們不對勁，但你依然會自責，直到發現真正的原因。

我到自己的小角落坐下來複習功課，但我怕會有朋友來找我，同樣的事情又會發生：

「去啊，去把鞋子穿壞，你的朋友已經在叫你了。」

可這就是我想回到小時候的原因啊，我想要再度跟朋友一起玩。

我猜對了，因為有人輕輕的敲了門，接著出現腳步聲。但是媽媽聽見了，她說：「別想出去，寫你的功課。」

我繼續複習功課，我不再想出去玩了。

我想像自己獨自坐在田野裡，這是個寒冷的夜晚，我很孤獨，打著赤腳還餓著肚子。狼在我的周圍嚎叫，我又冷又怕，全身顫抖。

人真奇怪，一下子快樂，一下子又傷心起來。

我不是很確定，但是對我來說，大人生氣的時候比難過的時候多。或者，他們心裡是難過的，對小孩發怒時，他們為自己感到難過。我們很少對老師說：
「你今天很難過，老師。」
不幸的是，我們比較常這樣說：
「老師在生氣。」
小孩比大人更常哭，不是因為他們愛哭，而是他們比較敏感、他們承受更多。為什麼大人不尊重小孩的眼淚呢？對他們來說，我們好像什麼事情都可以哭，但是這不是真的。小孩哭泣，是因為這是他們唯一的防衛方式：事情擴大了，就會有人發現並且來幫忙。或者，小孩哭是因為感到絕望。其實我們很少哭，而且通常也不是因為重要的事情而哭。如果發生了讓我們很受傷的事情，我們可能只會掉一滴眼淚就結束了。如果小孩跟大人之間發生不愉快，小孩會瞬間收起眼淚，變得冷淡。
小孩最不容易哭的時候，就是大人生氣且錯在他們的時候，這時你只會低頭而已。有時候他們會質問你，但是你不會回答；有時候你想回答，但是頂多只能動一下嘴脣，就是答不出來，而他們說這叫「不聽話」；有時候，你會充滿某種不屈的心理，對你來說什麼都不重要了，就讓他們打吧，反正會結束。於是，你舉起手臂，或是悄悄嘀咕些什麼，因為糟糕的話語和念頭在你的腦中繚繞，然後你就會失控，無論對象是老師還是自己的爸爸；或是另一種情況——你的腦中什麼也沒有，但怒火和悲憤充滿胸口。

有時候，你連他們大吼大叫都沒聽見，或是你一個字都聽不懂，根本不知道他們在生什麼氣，可是眼睛卻充滿淚水，腦中嗡嗡作響。

但他們還是搖晃你，又推又打。他們會打你一下，或是用力拉你的手臂，在他們眼裡，這樣似乎並不會痛。大人會稱打小孩為「懲罰」，用皮帶打小孩時，他們會抓住小孩痛打一頓，彷彿他是罪犯，這時小孩會掙扎大喊：

「我不敢了，我不敢了。」

或許現在已經很少見到這樣的痛打了，但它依然存在；而在未來，你將會因此被告上法庭。打人的人有什麼感覺，挨打的人又有什麼感覺呢？我不知道，但是我們都用令人作嘔、憤慨、覺得恐怖的眼光看待。比起大人對待小孩的方式，我們對馬似乎更有同情心。

也許你會這樣想：小孩子之間不也會打架嗎？但是我們的手比較小，也不強壯，就算氣得不得了，也不會用這麼惡毒的方式打人。你並不清楚我們打架的方式，我們都會事先測試誰比較強壯，還會依照對方的年齡跟抵抗的力量使用不同的力氣。別人會打量我，我也會打量別人。要是其中一人被壓在地上動不了，我們就會立刻停止。或者，如果有人插手，就表示我們打得太用力了。如果我們推來推去，就可能會被打中鼻子，然後流鼻血。

我們都知道這代表什麼——這樣很痛。

（有位精神病院的醫生在報告中說，生長在體罰家庭下的孩子比較不敏感。我倒是想用鞭子甩他五十下，然後測看看他的敏感度。一位科學家竟然撰寫這種東西，真是丟臉。）

我就這樣坐著，仔細回想我以前所知道的事和現在知道的事。我愈想愈感嘆——我們是如此弱小。我為穆德克感到特別遺憾，因為他的爸爸是酒鬼。

所以，我應該會跟他當朋友。他不是非常有錢，我也一樣，就讓我們培養友誼吧。我現在會在這裡受折磨都是因為他，我太晚回家吃午餐是他的錯。

我的眼睛熱了起來，我趕緊把作業本推到旁邊，以免弄溼。不過眼淚流進了我的鼻子，沒有掉下來。

這時小艾琳跑來找我，她站在離我有一段距離的地方看。我用眼角餘光看她，因為我不知道她想做什麼。一開始，她只是靜靜站著，接著她靠近一步，但還是什麼話都沒有說，只是站在那裡。我等待著，她握著手裡的東西，把它從一隻手換到另一隻手裡。我知道這一切最終會帶來好事，慢慢的，我的心也柔軟了起來。我愈來愈冷靜。艾琳伸出手，給了我一個東西，她想送一小塊磨砂玻璃給我。隔著磨砂玻璃望出去，所有東西都有了不同顏色。昨天我跟她要這個東西時，她連一眼都不讓我看，但是她現在說：

「給你，永遠給你。」

我不知道她有沒有說「拿去吧」，因為我沒有聽見，我只聽見「永遠給你」。她說得好小聲，聲音輕柔又甜美。

我並不想收下，也許等我們吵架或發生其他事情，她就會後悔，想要把它拿回去，還會抱怨是我擅自拿的。和小小孩達成共識很難，因為大人會干涉。他們取笑我們年紀小，我們就感覺自己更渺小了。孩子會誠心的說「永遠」，大人卻因此嘲笑他們。所以，我原本並不想收下，因為我不信任她，擔心我以後會因此受傷。但我最後還是收下了，並且拿起來看。透過這塊玻璃，我看見了五顏六色、許許多多的窗戶，而不止是一塊玻璃。

「我會還妳。」我說。

「不用還。」她回答。

接著，她就把她的小手放在我的大手上，我透過玻璃看著她的手，然後我們都哈哈大笑。

但這時，媽媽問我作業寫完了沒。她說要給我搭電車的錢，讓我帶著那件被蛾咬破的洋裝去找我阿姨。我心想：

「很好，這樣我至少可以出去一下。」

「但是不要弄丟了。」媽媽說。

我心想：「女生才會弄丟，我才不會。」

他們抱怨我們是男生，但他們這麼做只會讓我們想找女生的麻煩。

他們總是這樣說：「男生啊，男生啊！」於是我們就會故意這樣回應：「女生也不怎麼樣。」彷彿這是兩個敵對的陣營。我們知道自己的價值，也知道別人的價值。

我拿了媽媽包好的洋裝，準備出門。

我等了好久的電車，我很生氣，因為我想趕快回家，讓他們知道我的動作有多快。但是某個地方出了事，讓電車延誤了。等電車終於進站時，上面已經擠滿了人，不過大家還是擠了上去，我也跟著做。我抓住把手，準備上車，但這時有人用力推了我一下，把我推出去。我氣得不得了，大吼出來，但那個人站在門階上說：
「你怎麼這樣上車？你會掉下去的！」
「還真貼心。」我心想，「你才會掉下去，你這個酒鬼。」他其實沒有喝酒，我只是在生氣。他把我推下電車時非常清醒，而且他又高又壯。
我又等了一下。第二輛電車也滿了，不過我付了車資，順利上車，不過我還是一直在想剛剛推我的人有多粗魯。他無禮又野蠻，還是個大人——真是個好榜樣。
又有人推了我一下，把我掃到一旁，彷彿我不是活生生的人，我手上的洋裝還差點掉了。還有，我剛才對他說的話有什麼問題嗎？任何人都會這樣說吧：
「小心。」
但他只是回我：
「你才給我小心！」
我又說了一次：「還是要小心。」
然後他一把抓住我的下巴。
「放開我。」我說。

「那就別吵。」

這時候，一位老人插了嘴。他什麼都沒看見，也什麼都不知道，但他說：

「現在的小孩都這樣！不會禮讓年長的人。」

「他又沒有請我讓。」我回答。

第一個人繼續說：「給我聽好，臭小鬼。」

「我不是臭小鬼，我是人，你沒有權利推我。」

「你是在幫我上課嗎？告訴我我有什麼權利？」

「沒錯。」

我的心臟怦怦跳，喉嚨緊緊的。繼續鬧吧，我不會屈服的。這時，大家開始注意到這裡的狀況，他們很驚訝竟然有小孩會這樣回擊。

「那如果我拉你的耳朵，你又會怎樣呢？」他說。

「我會報警，叫他逮捕你，因為你在電車上鬧事。」

這時大家都開始笑，他也笑了。他們不再生氣，覺得我在開玩笑而笑了出來。他們甚至從座位上站起來，只為了看我。我受不了了，所以我說：

「不好意思，我要下車。」

但是他不讓我過去。「你才剛上車，」他說，「繼續兜風嘛。」

一個胖女人到旁邊坐了下來，占據座位，並插嘴說：

「真是個討厭的孩子！」

我不再去聽他們刺耳的話。

「我要下車。」我大喊。

但是他沒有讓步。「你會下車的，」他說，「你這麼年輕，趕什麼呢？」

我用盡全力大吼：「車長！」

最後，有人出來主持公道：「快點讓他離開吧！」

我下了車，所有人都在看我，好像我是某種珍禽異獸。他們說不定還恥笑了我很久很久。

大人要我們尊敬他們，但我卻想，有什麼好尊敬的呢？他們這麼無禮。〈十誡〉[10]是

10 以色列先知摩西頒布的十條規定，是猶太人的生活和信仰準則，在基督教中也有相當重要的地位。

這樣教的：榮耀你的父親。但不是每個大人都值得尊敬，這需要一點技巧。有個酒鬼爸爸的穆德克，他又該怎麼做呢？「臭小鬼，調皮搗蛋，沒家教。」他們還真是良好家教的最佳示範！有老師在課堂上挖了一整個小時的鼻孔，這又該怎麼說呢？為什麼他應該在小孩面前克制想做的事呢？但大人還是叫我們臭小鬼，只為了羞辱我們、讓我們難堪。小孩長大之後變成了滿腔憤怒的大人，這很稀奇嗎？

我們有覺知；我們看見很多事情，也懂很多事情；我們有更多感受和推測——只是我們必須假裝，因為他們摀住了我們的嘴。有老師在課堂上挖鼻孔；還有老師轉向窗戶，偷偷拿出鏡子來擦口紅。有四十個人就坐在那裡，他們認為我們都瞎了嗎？校長來的時候，他們怎麼不這麼做呢？

有時候，當你對他們發洩怒氣時，他們還會感到驚訝——畢竟，我們覺得他們在傷害我們啊。他們的道德只長在嘴巴上，還一邊灌輸我們虛假和服從的觀念，所以等我們長大，我們就會欺善怕惡。

我走在路上，手臂夾著洋裝，但是在我的腦袋裡，大人的想法跟身為小孩的痛苦和受到的冒犯都攪和在一起。我只搭了四站的車，距離阿姨家還好遠。但是我寧願用跑的，也不想跟他們吵。

＊＊＊

回到家，媽媽不高興的問：「怎麼去這麼久？」

我沒有回她，但是我突然覺得媽媽才是一切的罪魁禍首。如果我沒有帶著壞心情出門，或許就不會在電車上惹事。都已經讓步這麼多次了，再讓一次又有什麼關係呢？那句俗話就像個笑話：「有智慧的人會禮讓愚蠢的人。」現在哪裡還有「有智慧的人」呢？

這一天的開始是多麼美好，卻結束得如此糟糕，讓我感到可惜。

現在我躺在床上，但是沒有睡著，我在想：「或許，事情就必須是如此。家中並不完美，但這個世界的其他地方更糟。那件事對他們來說有這麼好笑嗎？因為我年紀小，我就不能報警嗎？他們就有權利把我推下車、抓住我的下巴、威脅要打我嗎？」

小孩不也是人嗎？難道不是嗎？現在，我不知道是否該為再次當個小孩、雪又恢復了潔白而感到高興；還是該為自己很弱小而感到難過。

就讓想像來解救我吧，因為無論人生出現多少次困難，還是有想像可以帶來一點安慰。它是這樣出現的：「噢，要是這樣有多好……。」我愈想愈多，直到一切彷彿成真。

於是，雖然我還是個孩子，但是我有了大人的力量。我是大力士先生，我是個強壯的人。當那個人在電車上說他要拉我的耳朵時，我會說：「你拉啊。」我捏他的手，他痛得差點跳起來。「放開我。」他高呼。但是我說：「怎麼了？你要拉我的耳朵吔，如果我真的是臭小鬼，你怎麼不拉呢？」然後我就更用力的捏他。他舉起另一隻手，但被我抓住了。「放開我！快點放開我！」「等你道歉我就放手。」

想像這些虛構的情節很有趣，畢竟我一隻手拿著洋裝，不可能用雙手抓住他。

大人覺得小男孩想變強壯很奇怪，獅子比熊還要強壯嗎？如果有一百個人對付一個強壯的人，他能夠保護自己嗎？電車的車長比較強壯，還是健身房的教練比較強壯呢？誰是班上最強壯的人？全校最強壯的呢？全國呢？誰能壓倒對方？誰跑得遠、跳得高、扔得遠呢？

這不是孩子愚蠢的好奇心，也不是一場遊戲，而是測試——測試我們能對抗誰。

大人不知道，小孩被大人或強壯的人折磨時有多痛苦，他會搶走你手裡的東西然後跑掉，或是打你又取笑你，因為他知道你拿他沒辦法。他會打掉你頭上的帽子、破壞你的遊戲、不讓你觀看，而你一點辦法也沒有，除非你像瘋子一樣飛撲過去，然後就會被他痛扁一頓。他從你手中掙脫比較容易，因為他比較強壯。你也不能向別人告狀，因為別人不會幫忙，只會讓他想報復你。這種人想怎樣對待我們都可以。

如果你速度很快又很敏捷，就可以罵他或是打他，然後逃走。

我們之間沒有法律或正義，我們活得像史前人類，有些人會攻擊別人，有些人則是躲起來或逃跑；還有拳頭、棍子跟石頭，沒有組織，也不文明。雖然看似有，但只對大人有用，對小孩沒有用。

我們說的話毫無力量又很奇怪（對大人來說是這樣，因為文法不對），所以大人認為我們不太思考，甚至沒什麼感受。我們的想法都很天真，因為我們沒有飽讀詩書，世界又是那麼的大。傳統做法取代了白紙黑字的法律，大人不了解我們，也不洞察我們的事情。

我們就像長得矮小的種族，被長得高大的人種控制，他們有著有力的肢體和神祕的知識。

我們是被壓迫的階級，而你們只願意犧牲一丁點、付出最少的力氣，來維持我們的生存。

我們是極為複雜的生物，我們也沉默寡言、多疑、善於隱藏自己。不要期望能從你的水晶球得知什麼，除非你對我們有信心，並且同理我們。

文化人類學家[11]應該要來研究我們，或是社會學家、博物學家，但不是老師或政客。

在大人之中，我們唯一的朋友就是受靈感啟發的藝術家，他在那少有、變幻無常又美妙至極的時刻中對我們非常寬厚。在那樣的時刻裡，他會提醒大人還有孩子的存在，但他也會告訴你虛幻的童話故事。

好吧，你們對待我們的方式充滿幽默——但很少是和善的，而且經常帶著憤怒。

我帶著悲傷的心情起床。

11　專門研究不同社會與文化的人。

4 我的狗狗派奇

我帶著悲傷的心情起床。

感到悲傷並不是太糟的事。悲傷是個輕柔又讓人愉悅的東西，這時會有好的想法出現。你為每個人感到難過：為媽媽難過，因為蛾咬破了她的洋裝；為爸爸難過，因為他必須努力工作；為奶奶難過，因為她老了，很快就會死去；為我的狗難過，因為牠很冷；為花而難過，因為它的葉子枯萎，或許是生病了。你會想要幫助每一個人，也想讓自己更好。

我們不都喜歡悲傷的故事嗎？這就代表我們有時也需要悲傷。悲傷就像天使，祂站在旁邊看管著你，把手放在你的頭上，用翅膀嘆息。

人會想要獨處，也會想和別人相處，聊聊不同的事情。

但他也會擔心被別人破壞了這樣的悲傷——不能說是破壞，而是把悲傷給嚇跑。

我站在窗戶旁，玻璃上有在夜晚成形的漂亮霜花。但是比起花朵，它們看起來可能比較像葉子，有點像棕櫚葉。奇怪的葉子、奇怪的世界——它們是怎麼變成這樣的？又是從哪裡來的？

「你怎麼不去換衣服？」爸爸問。

我沒有回答，只是走過去跟他說：「早安。」我還親吻了他的手，他看了我一眼。然後我快速換了衣服，接著吃早餐、出門上學。

「你怎麼這麼急著出門？」媽媽問。

「我要順道去一下教堂。」我說。

因為我想起自己不常禱告，這讓我感覺很糟。

我走到戶外，查看穆德克有沒有來，但是沒有。到處都結了冰，已經有些男孩開始在溜冰了，而且溜得很順。一開始，冰只有一小塊，但是它慢慢變大，最後大得讓每個人都能在上面溜了。

我在那塊冰附近停下腳步，但是我沒有溜冰，而是繼續走。

我沒有遇到穆德克，卻遇見了維斯涅夫斯基。他說：「嘿，三連發，你好嗎？」

一開始我並不知道他想做什麼，接著我想到了——他在幫我取新的綽號，因為我畫的那張圖——我畫了一張三聯畫。

「走開。」我回他。

然後他立正站好並敬禮說：「收到命令，長官。」

我知道他想找碴，所以就過馬路到對面去。我走過去時，他還推了我一下，於是我轉進一條巷子。

「我有時間，」我心想，「我可以繞路。」

我不甘願的往學校走去，那裡很吵，大家都在推擠或說話。有時我會故意走得很慢，或是繞遠路上學，在課堂開始時才到校。剛好在打鐘時到校的感覺很好，因為老師馬上就會進教室，班上會安靜下來。如果有手錶，就可以算準時間，不過這樣也可能會遲到。

不過遲到也沒關係。我又轉進另一條街，彷彿有人在召喚我，或是叫我趕快過去。有時候，一個人會做一些，連自己都不知道為什麼要做的事情。這樣的後果可能有好有壞，如果是壞的，就可以說你受到誘惑，因為只有在事後，你才會訝異：「我怎麼會這麼做呢？」

所以，雖然不知道為什麼，但我離該走的路愈來愈遠。我走著走著，突然就踏上了積雪，遇到一隻狗。這隻狗真小，而且很害怕。牠用三隻腳站著，第四隻腳懸著，正在發抖。路上空蕩蕩的，我只看見遠處有人影在移動。

我站著、看著牠，心想大概有人把牠從屋子裡趕了出來，牠不知道該往哪裡去。牠全身都是白色的，除了一隻耳朵和尾巴尖端是烏黑的。牠懸著一隻腳，帶著憂傷的神情看著我。牠希望我可以照顧牠，甚至還舉起尾巴搖了兩下，似乎有點悲傷——一下是悲傷的，另一下彷彿感到了希望。接著牠走向我，腳顯然是受傷了。這就是牠在我眼裡的樣子。牠繼續站著等待，黑耳朵豎著，白耳朵則垂著，就像在乞求，不過依然害怕。牠用舌頭舔了舔鼻子——大概是餓了，並且溫順的看著我。

我走了幾步，看牠會怎麼做。牠跟了上來，用三隻腳一跛一跛的走著，只要我轉身，牠就會停下來。我突然想跺腳大喊：「回家！」看牠會往哪裡去，但是我為牠感到難過，所以我沒有大喊，只是說：「回家吧，你會被凍死的。」

這時候，牠突然直直朝我奔來，我能怎麼辦呢？我不能把牠丟在這裡，牠一定會凍死的。牠靠得很近、蹲在地上，全身都在顫抖。我突然很確定，全然的確定，我的小派奇無家可歸。牠是不是整晚都在到處遊蕩？牠會不會只剩一個小時可活了？而我，走在完全不一樣的上學路，我可以成為在最後關頭拯救牠的人。

我把牠抱在懷裡，牠舔了舔我。牠全身都很冷，只剩舌頭還有一點溫度，所以我趕快解開大衣釦子，把牠包在裡面，只讓牠的頭探出來、讓牠剛好可以呼吸。牠用腳掌抓了抓，直到抓住某個東西，讓牠不會掉下去。我想把牠抱高一點，但是擔心會傷到牠的腳，就用手臂托著牠。我感覺到牠的心臟在跳動，跳得好快，撲通撲通的感覺。

要是媽媽會願意讓我養牠，我就可以帶牠回家。養牠會有什麼損失嗎？我可以用自己的食物餵牠，但是我擔心回家之後，爸爸媽媽不會讓我帶牠去上學。現在牠舒服的待在我的大衣裡，不再動來動去。牠閉上眼睛，我也就這樣把牠抱在大衣裡。牠推高了一點我的袖子，一邊喘氣，一邊將鼻子伸進袖子裡——牠一點也不想呼吸到冰冷的空氣。牠的身體開始熱起來了，大概很快就會睡著。接下來，我該怎麼辦呢？

我東張西望，看見了一間小商店。「順其自然吧。」我心想，「就去那裡吧。說不定牠是店家走失的狗，我去問問。」雖然我知道並不是，但還是想試試看，不然能怎麼做呢？於是我走進店裡問：

「阿姨，這是妳的狗嗎？」

她看了看我說：「不是。」但是我沒有馬上離開。要是我有一點錢，我就會買一點牛奶給牠。可是那位阿姨又說：「讓我看一下。」我快速解開大衣釦子，把牠抱出來。「噢——」我說，「牠睡著了。」那位阿姨似乎是想到了什麼，又說了一次：「不是，牠不是我的狗。」

「還是，妳知道這隻狗是誰的嗎？」我問，「牠一定是這附近的人養的。」

「我不知道。」她說。

「可是牠很冷，阿姨。」

我就這樣抱著牠，牠一動也不動，睡得好沉。要是沒有感覺到牠的心跳，我大概會以為牠死了。

我不好意思開口請她幫忙照顧牠，直到我放學回來。接著我突然想到，要是阿姨不行，學校的工友說不定可以。一樓的工友並不友善，跟二樓的工友不一樣。二樓那位工友會跟我們說話、會開玩笑，甚至還會幫我們削鉛筆。但是阿姨接著問：「你住在這條路上嗎？」她假裝沒見過我，而且我又沒有在她的店裡買東西——所以，我還站在這裡做什麼呢？

「走，快走。」她說，「你媽媽讓你去上學，你卻在跟狗玩。記得把門關緊。」

她大概認為，我太過沉浸在自己的想法裡，所以才忘記關門、讓冷風進入。大家只想為自己取暖，但狗也是上帝創造的。

我要走了，但我真的不知道該怎麼辦。所以又試了一次：

「可是，阿姨，牠好白喔，一點都不髒。」然後我擋住那隻跛了的腳——說不定牠只是被凍傷而已？

「不要拿那隻狗來煩我。」

你看吧，我在煩她。彷彿這隻狗會在外面受凍是我的錯。

太糟了，如果工友也不同意，那就讓他把狗放走吧。這樣一來，同學們馬上就會在學校暴動。

「噢！是狗——他帶了一隻狗！」到時候老師就會發現。

這件事要先保密，但我已經浪費太多不必要的時間了。於是我把牠塞回去——這次我把牠塞進更裡面的短外套裡，連這樣可能會讓牠窒息都沒去注意。

我跑向學校。工友說不定會同意，然後我會向其他人借一點錢，買牛奶給我的小派奇。

我幫牠取名叫「派奇」。

我就這樣帶著牠奔跑，牠全身都暖和了起來。牠醒了過來，開始又抓又扭，直到伸出鼻子、吠了一聲——更確切的說，是低吼。從牠的聲音聽來，牠似乎是感覺好多了，而且在感謝我。一開始，我感受到牠冰冷的身體靠在我的胸口，但現在牠正為我帶來溫暖，就像在撫摸嬰兒。牠眨眨眼睛。

我直接去找工友：「拜託，先生，可以幫我把牠藏起來嗎？牠快凍壞了。」

「誰快凍壞？」

「牠。」

他看見我抱著一隻狗，開始不高興。

「你在哪裡發現牠的？」

「在路上。」

「你為什麼要帶走別人的狗呢？」

「牠沒有家，是個孤兒，牠的腳掌受傷了。」

「那你要我把牠藏在哪裡？你為什麼要帶牠來？說不定牠是某個人養的狗啊！」

「沒有人養，」我說，「我到處問這是誰的狗，天氣這麼冷，沒有人會把牠趕到外面的。」

「說不定牠很髒。」他說。

「你在說什麼啊？牠全身都很白。」我說，彷彿自己被冒犯了。但是我很高興，因為他把牠抱過去，好好的看了一下——說不定他會讓牠留下來。這時，有個男孩注意到了，所以我趕緊把牠放進大衣裡。工友跟那個男孩說：「快走，你看，你的鞋子上都是雪。」就把他趕走了。但工友還是不想收留牠，他說：「學校裡的學生這麼多，要是每個人都帶流浪狗給我怎麼辦？」「拜託啦，先生，只要幾個鐘頭就好，我會馬上帶牠回家。」「你的家人會讓你養牠嗎？」

「我會走同一條路回家，說不定會有人把牠領回去。」他搔了搔額頭，我心想：「不會有事的。」但他猶豫了：「我光是忙你們的事情就夠了，」他說，「還要忙狗？」

但最後他還是收留了牠。他是個好人，一樓的工友就不會這麼做，還會疑神疑鬼。

工友收留了牠，附近聚集了一些男孩，我的派奇似乎也知道。牠不再顫抖，而是望著我，然後鐘聲響了。我把派奇留在那裡，準時進入教室。課堂開始，我坐著，但我覺得很傷心。派奇大概平安無事了，但牠一定很餓。我坐著，思考著該怎麼生出錢，才能幫派奇買牛奶。

我坐在位置上，心裡想著：我在溫暖的床上睡了一整晚，完全不知道這隻狗在外面受凍一個晚上。就算知道，我也做不了什麼。我總不能換好衣服、到街上找派奇吧？

我坐在位置上，覺得很傷心；我可以和全班分享我的悲傷。也許我不會再跟大家一起跑步嬉鬧了。昨天我們玩騎馬打仗，真是幼稚的遊戲，一點用也沒有。如果家人願意讓我養狗，至少我可以照顧牠。我會幫牠洗澡、幫牠梳毛，牠就會跟雪一樣白。如果牠願意，我還可以教牠做不同的動作。我會耐心的對待牠，不會打牠，甚至不會罵牠，因為話語就跟拳頭一樣讓人受傷。

如果你有不喜歡的老師，那他最輕微的評語都會讓你受傷。他只要說「不要轉頭」、「不要講話」或是「你不專心」，就會讓你受傷。你會馬上看著他，想知道他只是說說而已，還是真的生氣了。

派奇會喜歡我的。如果牠動作做錯了——嗯，我會告訴牠做錯了，但也會馬上拍拍牠，然後牠就會搖搖尾巴，更努力的嘗試。我不會捉弄牠，更不會為了好玩而這麼做，因為我不想教會牠生氣。為了好玩而捉弄一隻狗、讓牠吠叫，這種行為真奇怪。昨天我嚇到了一隻貓，牠的心臟大概因為驚嚇而差點跳出來。貓真的很狡猾嗎？還是這只是別人隨意說說的玩笑話呢？

老師說：「接著唸。」

老師似乎是在對我說。但我不知道發生了什麼事，因為我連課本都沒打開。我就像傻瓜一樣坐著。我呆呆的望著老師，為派奇和我自己感到難過。這時維斯涅夫斯基說：「『三連發』在做白日夢。」我的眼睛滿是淚水，所以我趕快低頭，不想被別人看到。不過老師沒有生氣，她只是說：

「你連課本都沒有打開，也許我該請你到門外罰站。」

她說「請」而不是「趕出去」，她也沒有把我趕出去，只說：「站在你的座位旁邊。」

甚至沒有叫我站在角落。

她一定是猜到我出了狀況，因為如果是我，當有學生坐在位置上卻沒有打開課本時，我就會問他在煩惱什麼、他是怎麼了。

如果我的老師問我為什麼不專心，我會告訴她嗎？當然不會。她會關心嗎？上課就是上課，而且我也不會出賣工友。

「站在你的座位旁邊。」

她接著補充：「還是你想要站在門後面？」

我的臉漲得好紅，什麼話都答不出來，但其他同學興奮了起來。有些人說：「好啊，站在門後面。」還有些人說：「他不想啦，老師。」

這麼一點小事他們也可以開玩笑，課堂中斷讓他們感到很滿意。他們不認為這會讓別人尷尬，或是讓老師生氣。不過，鐘聲響了，這堂課也就這樣結束了。我跑去找工友。

但是這層樓的工友攔住了我——是愛生氣的那位。「你要去哪裡？」他問，「你不知道你不能這麼做嗎？」我已經很害怕了，但是我心想：「我要找人借十分錢買牛奶。」跟巴克維茲借好了，他都會帶錢。不，他不會借我的，我跟他不太熟。有一次，別人找他借錢，他說：

「我才不要借你，你這個騙子。」我心想：「或許他會借，或是別人會借。」然後我東看西看，想起法蘭沃斯基欠我五分錢。我開始找他，但是他在玩——他在躲我。「嘿，還我五分錢吧。」「走開，」他說，「不要煩我。」「可是我需要那五分錢。」「之後再說，現在沒辦法。」「可是我要用錢啊！」

「我跟你說之後再還！我現在沒有錢。」我注意到他開始生氣，而且他也沒有錢。我該怎麼辦呢？我去找巴克維茲，他爸爸開了一間店，他很有錢。

「你為什麼要借錢？」他問。

「我真的很需要一個東西。」「那你什麼時候還我？」「有錢就會還。」我還能說什麼呢？或許有人會說「明天」，結果根本沒有還，你提醒他時他還會抱怨，說：「別吵我。」

就連最窮的大人身上至少都有十二分錢，但我們卻必須為了區區五分錢忍受各種困擾。這樣的情況讓我們痛苦，我們連一點錢都沒有。不是只有一天，而是每一天。要是可以預知自己一定會借到錢就好了。「你會借我嗎？」「可是我沒有錢。」「你有，」我說，「你只是不想借我。」

要是跟他說我想買什麼，他說不定就會借我了。我是不是該告訴他呢？

但是他說：「我已經借很多錢給別人了，都沒有人想還。你何不去找法蘭克呢？他欠我二十五分，到現在已經超過一個月了。」

但法蘭克從來沒還過錢。我擺出苦瓜臉，別無選擇了。

可是我找不到法蘭克，人這麼多，我該去哪裡找呢？巴克維茲的心腸很好，因為他不喜歡拒絕別人。不過他也很八卦，什麼事情都想知道。他跑來找我。

「他有給你錢嗎？」

「我不知道他在哪裡。」

「告訴我吧，你為什麼要借錢？」

「那你就會借我嗎？」

「會。」

「可是你有錢嗎？」

「我有，但是我想用來買木板，我想做一個畫框。」

於是我馬上就告訴他，然後我們兩個偷偷在打鐘時跑到二樓——等一下還得去上課。

我感到很不安，派奇在挨餓，說不定牠會開始吠叫哀嚎，然後被工友趕出去。

我為牠取名叫「派奇」，但現在我覺得這個名字不夠好，聽起來太像綽號。狗不會理解，但是人會覺得很奇怪。我是在雪地裡發現牠的，或許我該叫牠「小白」？或「小霜」、「霜霜」，或是跟冬天有關的名字。

我已經開始思考這些事情，彷彿家人願意讓我養牠。

但是店裡的阿姨和工友，都告訴我牠有主人。任何人都可以去問住在那條路上的大門附近的小孩，但我發現牠的地方，根本就沒有門啊！而且，要是有人說這隻狗是他的，但並不是真正的主人怎麼辦？他會跟牠玩一下，然後又把牠丟在雪地。就算他真的是主人，也一定沒有好好照顧牠，因為他已經把牠丟在外面一次了。但也許是牠自己跑走的？我一點也不了解牠的個性，小狗都很愛搗蛋，說不定牠做錯了事情，害怕被處罰，所以從家裡逃出來。

我很苦惱，因為不知道該怎麼做。有太多事情了，彷彿我有了小嬰兒，讓我感到不知所措。派奇說不定覺得我忘記牠了。狗跟小孩一樣：小孩會哭，狗也會發出憂傷的哀鳴聲；牠吠叫時不是為了唱歌，就是因為開心；狗和小孩玩耍的方式也一樣，牠會注視你的眼睛，牠會謝謝你、牠會舔你，然後牠會低吼，彷彿在警告你，說：「該停止了。」

接著，我想起了課堂，這次我必須專心，因為我剛剛已經在座位旁邊罰站了。

當我是個大人時，我以為當專注的學生，專心上課、考高分，是很容易的。但是，現在我知道這有多麼困難了。當我是個老師時，我也有事情要煩惱，上課時也不專心，但是沒有人會叫我到角落罰站，一切都跟現在相反。所以我變得更嚴厲，班上必須保持安靜，這樣我才能好好思考我的困擾。

噢，派奇啊派奇！你又弱又小，所以他們就用不同的方式對待你，甚至沒有善待你。你不是拯救溺水者的救生員，或是在雪崩時把人挖出來的聖伯納犬[12]，你連哈士奇[13]都不是，也不像叔叔的狗，是個聰明的小貴賓犬。

我會帶我的狗去找叔叔養的狗，讓牠們認識，狗也喜歡有同類陪伴。我想著：「我要去找叔叔。」但我不是在思考，而是在做白日夢，因為我很肯定家人不會讓我養狗。

大人會對小孩說：「不行，我不允許。」然後馬上就忘了這件事，都不知道這會帶給別人多少打擊。

當我想再度回到十歲時，我只想到玩，還有小孩總是很開心的樣子，他們不會去思考和擔憂任何事情。但現實是，我正因為一隻小流浪狗感到痛苦，甚至比一個大人為全家人所承擔的痛苦還要多。不過下課鐘聲總算響了。

我們拿了十分錢給工友買牛奶，但是他說：

「還給我十分錢呢！看看這隻狗做了什麼好事！」他帶我們看被關在陰暗櫃子裡的派奇做了什麼事，派奇也不斷吠叫。

「這沒什麼，」我說，「我可以用這條抹布清一清嗎？」我把它清乾淨，一點也不覺得噁心。

派奇認出了我，因為牠變得非常興奮，差點跑到外面的走廊上。牠繞著圈不斷跳啊動啊，完全忘記了自己的困境。牠原本可能會倒在外面的冰雪裡，四肢僵直死掉的。

「好了，出去吧。」工友說，但很快又改口：

「快點出去，我沒時間。」

12 原產於瑞士的大型犬，通常被訓練來救助或守衛登山者或旅行者。

13 由於牠們精力充沛、行動敏捷，經常作為雪橇犬。

大人絕對不會對另一個大人說「出去」，可是卻經常這樣對小孩說。當大人有事情要忙，小孩就是他的阻礙；大人會開玩笑，卻說小孩是笨蛋；大人會哭泣，卻說小孩哭哭啼啼；大人動作敏捷，小孩就是笨手笨腳；大人會心情不好，卻說小孩玻璃心；大人會心不在焉，卻說小孩是嘰嘰喳喳的笨蛋；大人會沉浸在自己的想法裡，小孩只會呆愣著；大人的動作很快，小孩則是慢吞吞。這些用詞似乎無傷大雅，但還是很粗野。哀哀叫、討厭鬼、臭小鬼、死小孩——就算小孩沒有生氣、想當個好孩子，都會被這樣叫。很可惜，我們已經習慣被這樣叫了。這麼不尊重的話語有時會讓我們受傷，也讓我們生氣。

可憐的派奇——或許「小雪」這個名字比較好——牠又得被關進黑漆漆的地方兩個小時了。

「把牠放到我的襯衫裡面會不會比較好？說不定牠會安靜一點？」

「傻瓜。」工友說，接著用鑰匙將門鎖上。

我遇到穆德克，他問：「你在隱瞞什麼祕密啊？」

他在嫉妒，因為他不知道，所以我就告訴他。

「就是這件事？而且你竟然先告訴他？」

「我必須這麼做，不然他不想借我錢買牛奶。」

「我知道，我知道。」

我為穆德克感到難過，如果他把祕密先告訴別人，再告訴我，我也會受傷。不過這個下課時間比較長，我問他：「你想看牠嗎？」但是此時，他們正在找人、在找有誰去了二樓──因為剛剛有同學在二樓抽菸。

工友說：「我都會把他們趕走，可是他們都偷偷溜回來。」他正直直的看著我們。我躲在穆德克後面，否則他們馬上就會發現我的臉漲紅了。我突然覺得熱了起來。當大人在問小孩事情時，小孩都會結結巴巴或是臉紅，這時大人就會馬上認定他不是在說謊就是做錯了事情。只要一個簡單的眼神，我們就會因為羞愧或害怕而臉紅，或是突然心跳加速。有些大人甚至還習慣叫我們看著他們的眼睛，可是有些小孩就算做錯事情，也可以直視別人的眼睛，當場說謊。這種小孩不會覺得痛苦，但最慘的就是敏感的小孩，不是罪魁禍首卻很痛苦。因為大人會對每個人大吼，然後立刻說：「你們『全部』給我聽好。」

他們大吼、威嚇每個人。

「現在我知道了，這是你的藉口！這下我抓到你了。」

敏感的小孩會受到驚嚇，一直活在恐懼之中，像隻小白兔。兔子連睡覺的時候都在害怕，我們也會做噩夢，在驚嚇中醒來。有東西在夜裡發出吱嘎聲，我們就會想像是鬼在走路，或是有殺人犯。當有東西出現在窗前，或是有東西在動，我們就會用被子蓋住頭。你會不敢呼吸，一邊冒冷汗一邊不停的想：「要是有隻冰冷的手碰到我怎麼辦？」然後你會想起最恐怖的故事，還有報紙上的可怕消息。可怕的事情不是只在童話故事中出現，因為現實中的確有人沒有腿、沒有鼻子，人也可能會失明、發瘋。有人走在路上就突然倒地、開始發瘋，還口吐白沫。他原本還跟其他人一樣走著，事情就突然發生了。一群人圍過去試圖幫忙，但小孩卻被推開。你不想離開，你必須看，你嚇得僵在現場，就像一顆石頭。

還有黑死病、結核病、眼睛感染和壞疽、敗血症，這類你平常不會去注意的恐怖事情。有很多事情是大人說給小孩聽的，為的是不讓小孩太調皮。而你也看得出來車子沒有碾過你、你沒有掉出窗外，他們也沒有打斷你的腿，或是擊中你的眼睛。於是，你就不再相信他們了。而且，你也不可能永遠小心翼翼。

但是，只要有這樣的夜晚出現，你就什麼都想起來了。大家都在睡覺，夜裡很黑，也可能有月光，這時你又害怕起自己會開始沿著牆壁夢遊，跑到屋頂上。

真奇怪，有時候你很勇敢，當你面對最激烈的打鬥或是在夜裡的墓地，連眼睛都不會眨一下；但有時候，就連一點點胡說八道的事情都會讓你害怕，所以很難說你到底是勇敢還是懦弱。

整體來說，很難知道你實際上到底是哪一種人。因為當我自問有沒有跟期望中一樣好時，我就會想起一些自己的祕密，但是我又會馬上這樣想：

「可是別人更糟。」

就算有我覺得比我正直或優秀的人，我還是不完全了解他、不了解他的行為和思想。有時候，一個人也可以假裝他沒做過壞事，因為他擔心自己會露餡。

還有那些「你沒有做壞事」的祕密，我想小孩的這種祕密最多，而且他們必須守住這些祕密，不能告訴別人。現在就以我為例，我對一隻又餓又凍的小狗產生了同情心，這有什麼錯呢？牠是一隻凍僵的小狗——一個活生生的生命。

為什麼大人要處處禁止我們呢？

為什麼？

我們會在課堂上問老師：「老師，請讓我們帶小派奇到班上吧。我們會安靜，也會專心上課的。」

但是不行，這不會有任何結果。第一個搗蛋的會是維斯涅夫斯基，而且是故意作亂。可惜我們都相處在一起——心思細膩的小孩跟粗野的小孩；勤奮的小孩跟漫不經心的小孩。因為這些人，你沒辦法信守承諾或說到做到；他們會讓每一件事情走向不好的結局。

因為他們，大人都不信任我們、不相信我們，對我們漠不關心、一視同仁。若沒有他們，雖然會少一點笑料和快樂，但生活會變得更平和。

而且大人認為我們只喜歡愛惹事的小孩，只會聽從最糟糕的小孩——不管他們要我們做什麼。都是他們帶壞大家的！

不是這樣的。我們通常不去理會愛惹事的人，只是都沒人知道！但是當我們跟愛惹事的人一起做了某件事，所有人就會立刻被罵。如果我們總是聽他們的，世界就不會是這樣了。要是我們不叫他們安靜、讓他們緩和下來，事情會是什麼樣子呢？

大人說過多少次：「別吵了」、「不要管」、「停」、「不要這樣做」，或是「你等一下就會後悔」。

愛惹事的小孩聽話了嗎？不過，要是大人受得了他，我們也會很高興。

最後，事情是這樣的：在二樓抽菸的人沒有被找到，我們也沒機會去看小狗。

放學後，工友告訴我們：

「把牠帶走，不要再把狗帶來了，我沒有時間照顧牠。再有下次，你就跟狗一起去辦公室報到。」

於是我、穆德克和巴克維茲就一起離開了。還有派奇——沒錯，最後牠還是叫派奇。

我們放牠自由活動的時候，牠多麼開心啊，就和其他生命一樣，被自由吸引——無論是人、鴿子還是狗。

我們三個人開始思考接下來要怎麼做。巴克維茲同意收留牠到明天，同時，我要回去問家人。不過，巴克維茲帶派奇回家時，我覺得自己似乎開始怨恨起巴克維茲。派奇當然是我的，是我把牠放在大衣裡取暖的，牠先舔的是我，我發現牠、帶牠到學校，也一直在想牠。巴克維茲只是拿了十分錢出來，就這樣。

天哪！有些人的爸爸媽媽是不是都會答應某些事情，而其他人的爸爸就是不會？每個人最愛的都是家人，但還是有人知道他人的爸爸就是會答應，於是他開始怨恨。他將自己跟他人比較，這讓他很受傷。

為什麼巴克維茲想都不用想，就可以收留派奇，我卻得先徵求家人同意呢？而且還可能沒有結果。

那個人比較有錢，另一個比較窮，有錢的人可以隨意買東西或做想做的事——這真是瘋狂，自由應該比財富更重要才對。

如果你知道爸爸媽媽沒有什麼錢，你就會更愛他們。誰會因為自己的爸爸沒有工作或是賺得很少而生氣呢？但是當他花錢買不必要的東西、不願意將錢花費在其他人（或是小孩）身上，只為自己著想，或是後悔在孩子身上花錢，那就太糟了，就連牧師也幫不了忙。所以，為什麼穆德克的父親會花錢買酒，還會在家裡大鬧呢？

我為穆德克和我的白色派奇感到難過，我很擔心牠，現在牠被別人帶回家了。

「那十分錢，你不用還我了。」巴克維茲說。

「不，謝了，」我回應，「或許明天我就會還。」

「如果你會生氣，可以不用把牠給我。」

「來吧，狗狗，我們來說再見。」

派奇想要掙脫，連即將跟我分別都不知道。後來，牠才把腳掌靠在我的胸口上、搖著尾巴，似乎很快樂。然後牠直直的望著我的雙眼，噢！

我的眼睛充滿淚水。

牠舔了舔我的脣，似乎也很難過。

我擁抱牠最後一次。

直到穆德克輕拉我的口袋。

「我們走吧。」

我們快步離開，而且我沒有回頭。

一路上，穆德克都在講鴿子、兔子、喜鵲和刺蝟，而我只說了一、兩個字。不知不覺間就要到家了，時間就像這樣：對時鐘來說，時間好像都一樣長；但是對人來說，心裡好像有個完全不一樣的時鐘，時鐘上顯示的時間也完全不一樣。有時候，一個小時過去了，你也不會注意到；有時候，時間又過得很慢，好像永遠不會結束。有時候你才剛踏進學校，卻一下子就鐘響要回家了；但是當你在學校過得不開心，就必須苦苦等到放學、活像個囚犯，連快樂的力氣都沒有。

接著我跟穆德克說再見，但有股衝動讓我開口問：「你家老頭昨天又喝醉了嗎？」

穆德克氣得漲紅了臉，回答：

「你是不是覺得我爸爸每天都喝醉？」接著他就快步離開，快得我都來不及再說些什麼。我為什麼要這樣說呢？有時候你會克制不了自己而說一些話，你就是忍不住。

有一次，爸爸告訴我一句諺語：「所有美德之中，最重要的就是管好自己的嘴巴。」這是非常有智慧的諺語。當時，我因為某件事在生氣，我也很不喜歡自己這樣。我說出了事情的真相，別人就罵我，彷彿我說了很大的謊。雖然沒有人問我，我也沒有必要說，但是隱瞞真相不說，就是不誠實。

人生中有好多事情都是虛假的，當我是個大人時已經習慣了，我並不覺得困擾。既然如此，就這樣吧，雖然很可惜，但你總得繼續生活。

可是，現在我覺得不一樣，不能對另一個人說出真實的想法，又開始讓我覺得痛苦，你必須不斷假裝。

謊言本身可能是好的，也可能是不好的，但虛假的人大概是最糟糕的。他心裡想的是一回事，說出來的又是另一回事。他在你面前是一個樣子，在你背後又是另一個樣子。比起無禮傲慢的人和騙子，我更不喜歡虛假的人——這種人最難看穿。我會這樣跟他說：

「你在說謊。」或是：「少炫耀了。」就這樣。

這樣比較單純，也比較誠實。

但是虛假的人非常可愛又和善，所以很難當場逮到他們說謊。

我傷害了穆德克，他因為我的話而生氣。我叫他爸爸「老頭」，還說他「喝醉」。我說得很粗魯，就和大人說話的方式一樣，會讓小孩感到羞恥和生氣，但自己卻不覺得。

這時，我走進我們家的柵門，有一隻貓坐在門階上，牠昨天也在這裡。我為牠感到難過，想要摸摸牠，但牠跳了起來——這表示牠記得我曾經嚇到牠。也許是上帝在懲罰我嚇到貓，所以讓我沒辦法把派奇養在家裡。

「今天在學校過得怎麼樣？」媽媽問。她輕輕的問，可能是因為她發現自己昨天根本毫無道理的吼了我。

「沒什麼特別的。」我回答。

「你有到角落罰站嗎？」

然後，我想起來我有。

「我站在我的座位旁邊。」我說。

「那你還說沒什麼！」

「我忘記了。」

我拿起刀子，開始跟媽媽一起削馬鈴薯。「為什麼被罰站？」

「我上課不專心。」

「為什麼不專心呢？」

「我在做白日夢。」

「在想什麼呢？」

我削得很快，一副很忙的樣子，沒有回答問題。

「忘記是不對的，好孩子在角落罰站應該要覺得丟臉，而且會努力不再犯錯。老師叫你罰站是要讓你學到教訓，這樣你就會比較懂事。如果你忘記為什麼會被罰站，那處罰的意義就沒了，你必須記得為什麼被罰。」

我看了媽媽一眼，心想：

「親愛的媽媽真可憐，她什麼都不知道，也不懂。」

「又老又可憐。」我還這樣想。

因為當媽媽坐著、彎著腰時，我看見她有白頭髮和皺紋。或許她還不老，但她過得很辛苦。我心想：

「有媽媽很好，小孩跟父母之間是會有一些問題，但是沒有父母更糟——這樣很不好，不好且令人傷心。」

「還是你在學校做了別的事情？」

「沒有，沒什麼事。」

「你在說謊吧？」

「我為什麼要說謊呢？要是我不想說，我就不會告訴妳罰站的事了。」

「這倒是真的。」媽媽說。

接著我們安靜下來，但又好像還在繼續說話，因為我正想著跟派奇有關的願望，而媽媽知道我有事情不告訴她，知道我在隱瞞某些事情。

我們小孩子喜歡跟大人聊天，因為他們知道得比較多。要是他們不這麼處處針對我們就好了，要是他們能溫柔的對待我們就好了，不要總是在抱怨、發牢騷、指責、罵人和大吼。如果媽媽下次又這樣問我：「你是不是在說謊？」我大概會失去耐性。或許我還是會用同樣的方式說同樣的話，但會帶著怒氣。

小孩會以溫柔回應溫柔，大人總是不願意了解這點。憤怒會立刻在小孩心裡喚起報復或怨恨這類的情緒，就好像在說：「我就是這樣，我不會改變。」可是每個人都想變得更好，即使是我們之中最糟糕的人也是。壞脾氣的小孩和壞脾氣的大人最大的不同或許在於，小孩其實已經努力過，也試過了——他們嘗試過，但是沒有結果，非常可惜。我們奮鬥、嘗試、努力，但是當事情不順利時，大人馬上就指責我們，這讓我們非常惱火。「努力嘗試」看似是好事，可是結果卻要你「重來一遍」。這會讓你很生氣，也很挫折，非常的痛苦。而且大人不但沒有幫助我們、鼓勵我們，還立刻打擊我們、擊潰我們。所以我們才會有倒楣的日子，或是整個星期都過得不順——不是這件事出錯，就是另一件事，接二連三，運氣就是不好。

最糟的是，當結果不如預期，你們竟然懷疑我們是故意的。有時候是因為我們沒聽清楚、誤解、忘記，或是沒有正確理解，可是你們卻認為我們是故意的。有時候我們真的很希望有好事發生，讓別人驚喜一下、做一些讓人愉快的事情，但因為我們沒有經驗，結果就變得很糟──反而造成了傷害或損失。我們自己當然也感受得到，所以大人為什麼要一下子就大發雷霆呢？

對心思敏感的人來說，這實在太痛苦了。

於是，我就在家裡悶悶不樂。我擦了擦窗檯上的花盆，然後開始擦整個房間。媽媽很驚訝，我們也就這樣從昨天的不愉快和好了。誰知道呢？或許那時我也有一點錯，不應該在午餐遲到。但是，就連聖人也會犯錯。

「去玩一下吧，」媽媽說，「為什麼要坐在這裡呢？」

「我去托兒所接艾琳回來。」

「好，去吧。」

我穿好衣服，正準備出門，但自己也不知道為什麼要去。大概是因為派奇吧，還有你也必須照顧小小孩。

我不是好哥哥，我同情小狗，卻不愛自己的妹妹。我不僅不愛她，還不了解她。這麼小的小孩只會煩人，她只會因為無聊而跑來糾纏你。當我真的跟她玩起來，我就像是在施捨她。否則，我只會對她大吼、取笑她，完全就是大人對待我們這種大小孩的的方式。我們一定是從他們身上學來的。

我們不喜歡小小孩，最主要的三個原因是：第一，無論對錯，大人都要我們讓他們。第二，大人要我們當他們的好榜樣。第三，就算他們打擾到我們，大人還是叫我們跟他們玩。換句話說，我們經常因為小小孩而被罵，所以我們承受了兩倍的痛苦：一份是因為我們自己，一份是因為小小孩。

舉例來說，我有某樣東西，而艾琳堅持要我給她。如果我真的願意，我就會主動給她，因為我知道什麼可以給她、什麼不可以給她。但是當我們堅持自己的想法時，大人有聽從我們嗎？他們甚至會對你大吼。要是他們為了享有片刻安寧而讓步，那反而更糟，因為他們等於是在教你「會吵的孩子有糖吃」。這樣的小孩看見你同意，就學會「想要某樣東西時可以哭鬧」，這真的會讓你非常生氣。

讓他哭吧。噢，不！他哭鬧得這麼大聲——這是當然，因為要讓所有人聽到、要製造混亂。

這裡曾經有一戶人家，爸爸不想給女兒某樣東西，她就養成了在院子裡鬧的習慣。

「好了，安靜，」那位爸爸說，「妳在丟我的臉，也丟妳自己的臉。」

她則是說：「我就是要這樣！讓大家都知道，讓大家都圍過來看吧，讓警察來，讓救護車來，登上報紙吧。」

她大概很小的時候就習慣這樣了，因為他們的行為就是這樣，大吼大叫。大人也不想弄清楚事情到底是怎麼回事，只想要安靜。

大人總是說：「她還小，你要讓她。」

對，要讓大人，也要讓小小孩。

大人會打你的屁股，而且並非總是有正當理由，而當你的弟弟打你，他們馬上就會擔心、跑過來關切。

我做了一個風車，花了半天的時間在忙這件事。

「給我。」她開始搶我手裡的風車。

「走開，不然就給妳好看。」

「給我，給我。」

而媽媽說什麼呢？她說：「你自己再做一個。」

我或許會做，或許不會做，但是應該要讓她自己提出要求。就讓她等待，讓她練習不要搶東西，還有不要總是：「媽——嗚——嗚！」

當人非常生氣的時候，實在很難克制自己。她甚至會希望你打她，因為這樣她就可以去告狀。然後，她就會像平常一樣大鬧：「真是個好哥哥！而且很高大呢！」

只要你高興，就說我小；只要你高興，就說我大。

再不然就是，我不懂因為自己做的事情被責怪，連她做的事情也怪我。

「是你教她的」、「你給她看的」、「她是從你那裡聽來的」、「你就是這種榜樣」。

我有叫她學我，表現得像個猴子嗎？如果我樹立了壞榜樣，就不要讓她當我的跟屁蟲、不要跟我說話，也不要跟我玩。

唉！結果反而是我必須跟她玩，要怎麼玩啊？

「把你的外套穿上，不然她不肯穿。你不能吃蠟腸，因為她也會想要。去睡午覺，因為她不肯自己一個人睡。」

他們會讓你很討厭這個小孩，讓你不想跟她扯上任何關係。但是不行，你必須去跟她玩。唉，好吧。

有些遊戲，小小孩也能發揮一點用處、可以有點貢獻。只要讓他聽就好，不要讓他弄壞玩具。要讓他知道，不是所有我們會做的事情，他都可以做。

你要告訴他：「坐在這裡，你當這個、當那個。」

但是他不想，他想到處跑。但是如果他跌倒，腫了個包或是弄破衣服，還是我要負責。而他到處晃，只會擋路。

對大人來說，五歲小孩和十歲小孩是一樣的。只要對他們來說很方便，那就都一樣：「孩子們，去玩吧。」

對他們有利的時候，你就是年紀較大的那個，必須當保母、讓步、當個好榜樣。

大人自己在孩子之間種下了不和的種子，這就是孩子們無法和睦相處的原因。因此，我們這些年紀大的，會盡量避開年紀小的。我們只會在非常無聊的時候，或是想擺脫更小的小孩時，才會主動接近他們。

但我們也不是都沒有錯，欺瞞也經常出現在我們之間。只要小小孩擁有什麼東西，馬上就有人想跟他做朋友、試著騙取。他看起來就像在和小小孩玩，等他拿到了想要的東西，就再也不理他了。而那個小小孩會覺得很驕傲，因為有人想要他的東西；但也可能是不敢要求對方把東西還給他。年紀大的和年紀小的孩子裡，什麼樣的人都有，所以比較好的大孩子不願意和小小孩來往，以免被懷疑，只有最糟糕的大孩子才會去找小小孩。

年紀大的孩子確實會成為年紀小的壞榜樣、帶壞他們，小小孩就是這樣長成愛惹麻煩的人。等他比較有判斷力之後，要改掉這些壞習慣、變得更好，就變得很困難。

我一邊思考，一邊走在街上。我抬頭一看——是我的派奇。我停下來，但這只是我的幻覺，牠長得一點也不像。於是，我又開始想念派奇。

「我是不是該抱走牠呢？牠留在那裡會不會比較好？也許媽媽會讓我養牠，但是之後她又可能會生氣。因為，如果他們真的想要養一隻狗，就算我沒有要求，他們也會養。我就等個幾天，看巴克維茲會怎麼說，也看看派奇在那裡的表現，畢竟牠把學校櫃子弄得一團糟——不過那時候牠是被鎖在裡面的。」

我不知道該擔心自己和派奇的幸福，還是該試著為牠安排更好的未來。不過，我已經做了一些事情了——我救了牠的命、為牠找了個家。我現在是不是應該多花點時間和小艾琳相處呢？

我來到托兒所，看到很多小孩在玩。他們手牽手圍成一個圈，正在唱歌。

帶領遊戲的老師對我說：「你要站在那裡的話，不如加入我們。」接著她伸出了手，我也加入他們。

如果是別的時候，我大概會害羞、拒絕加入，但是現在沒人會看到我。我開始玩，從一加入就開始嬉鬧，製造更多笑聲。我蹲下來，假裝自己很小。然後我一拐一拐的走，假裝有條腿受傷了。我甚至還想捉弄那位老師，看她會不會生氣，反正我隨時都可以離開。但是老師也笑了，我也就認真的和他們一起玩。

那些小孩都很高興，每個人都想牽我的手。當然，並不是所有人。有些孩子很害羞，因為他們不認識我，但最得意的是小艾琳，因為她有個大哥哥。她指揮起來：

「你，走到這邊，你站這裡……。」

她覺得要是出了什麼事情，我會保護她。但我告訴她不要這樣，不然我就要離開。

小小孩會有這樣的習慣——如果知道有大哥哥會解救他，他就會帶頭作亂然後跑掉。他會期望哥哥為他負責、保護他、為他打架。而他的哥哥如果是個惡霸，就會很樂意替他出頭打架——這對他來說沒有什麼風險，反而會讓他覺得自己很大氣。

「你為什麼要打他呢？他這麼小！我要保護我的弟弟。」

他平常都用四倍的力氣痛打弟弟，但現在卻變成了親愛的哥哥，是保護弟弟、捍衛他的人。

而同樣的，品行好的人不會想要打架，而是不得不打——即使他知道弟弟有錯。他也會感到害怕，因為他知道自己必須向爸爸媽媽交代弟弟的事情。

托兒所老師得離開去寫一封信，於是她讓我跟其他小小孩待在一起。她到另一個房間時，那些小小孩都聽我的。

只有一個小孩一直在搗亂。當我講《穿靴子的貓》[14]這個童話故事時，這個小孩一直擾亂我。我很生氣，不知道該怎麼辦，因為他是故意的。

* * *

現在，我跟小艾琳一起回家。突然間，我聽見側口袋裡發出了聲音，是兩分錢。要是口袋裡有更多錢，我就會留給巴克維茲，不過我沒有這麼多。我把錢拿給小艾琳；她有什麼東西時，也會跟我分享。有時我會接受，有時不會。因為當你跟小小孩拿了東西，就會被說是個馬屁精。就是這樣，品性好的人就算一點錯也沒有，還是得承擔一些壞事。

要是我們能改變些什麼（雖然我也不知道要改變什麼），小孩的童年就會很美好。一點點東西就能讓小孩快樂，而我們似乎連這一點點都沒有。大人看似很關心我們，但我們在這個世界上並沒有真的感覺很快樂。

我走在路上，牽著小艾琳的手感覺很好。我很注意該怎麼走、選擇了比較好的路線。我感覺自己變得更成熟、更強壯了。她的手又小又柔軟，像精美的布料，她的手指也如此細小。你自己都會感到驚訝——有時候你很愛這個小孩，有時卻很恨她。

她吃了一顆糖果，然後也拿了一顆給我。我原本不想吃，但還是吃了。她看著我笑了，因為她很開心能請我吃東西。

有時候，跟別人分享自己的東西很美好，而不是一直拿取、跟大人拿東西。當你想給大人一些東西，而他不接受，或是拿更貴的東西回饋你，好像他馬上就還清了一樣，這種

---

14 在歐洲耳熟能詳的童話故事，敘述一隻貓從主人那邊獲得了一雙長靴，並且運用聰明才智讓國王將公主下嫁給他的主人。

感覺很不好，讓人有被貶低的感覺，像個乞丐。

要是所有事情都可以用互相幫忙的方式來達成，那就太好了。我傷心難過的時候，艾琳給我毛玻璃；我買糖果給她，她就分給我吃。這些幫忙都串聯在一起。

我們終於回到家。

阿姨來找媽媽，她說：

「噢！妳家的小牛們來了。」

為什麼是「牛」而不是「人」呢？我們有做錯什麼，阿姨才叫我們「牛」嗎？為什麼她要用這麼粗魯的字眼呢？

這讓我很不高興，所以我沒有跟她打招呼。不過這讓媽媽生氣了：

「你怎麼像小偷一樣悄悄的進來呢？為什麼不跟阿姨打招呼？」

「為什麼要打招呼？」我說，「我昨天才去過她家。」

「那是昨天，今天是今天。」

「小牛是不會打招呼的。」我咕噥著。

「什麼小牛？」媽媽問，因為她剛才沒有聽見，因為你只會聽見自己有印象的事情。

這時阿姨笑了出來。

「噢，看他自尊心多強啊！他生氣了呢！」接著就起身過來親我，但是我把頭別開。她似乎是想弄溼我的臉，當作恩惠。

「別理他，沒用的東西。」媽媽說。

好，別管我。我生氣了。

難道我不能生氣嗎？如果不現在捍衛自己，等我長大了，就會任人欺負。

我坐下來，假裝在寫功課，卻氣得發抖。然後我想起電車上的人也嘲笑了我，當時我也在捍衛自己。大人認為小孩不能生氣，彷彿這是某種遊戲規則，大家都知道哪些事情該高興、哪些事情不該高興。

他們說小孩固執，「他很固執，不打招呼。」

下面這句話也是。

「現在就說、現在就做。」

不對，這根本不是固執，而是你寧願被懲罰也不願失去自己的尊嚴……而且他們也不應該強迫你，因為這只會讓你變得更頑固。我背對著她們坐著，繼續寫字，但速度不像之前那麼快。我是不是真的變得像個小孩了？如果是這樣，那我在學校又會過得很痛苦、又得專心上課，這樣就太可怕了。

就在這個時候，我聽見警笛聲。

「我可以出去嗎？」

我懇切的看著媽媽，彷彿在等待她的判決。要是媽媽不讓我出去，真不知道我會做什麼。大人有多少次不經思考就說「不行」，然後轉頭便忘了；他們根本不知道自己為我們帶來多少痛苦。

為什麼要說「不行」呢？到底為什麼？因為可能會出事、因為他們想要清靜、因為這件事不是必要的；那是為什麼呢？這件事情這麼小，根本微不足道。他們完全可以說「好」，但他們就是不想這麼做。於是，他們說「不」，就這樣。

我們知道他們是可以說「好」的，這樣的拒絕只是不經意的偶然。如果他們願意花點心思去想一想、看看我們的眼睛，看見我們有多想做這件事，他們就會同意。

所以，我問：「我可以出去嗎？」

我等待著，而大人都不用這樣等待任何事情。或許坐牢的人除外，他們不一定能被放出去。

我等待著，想像要是媽媽不同意，我就永遠不會原諒她。大人以為我們什麼都想要，但馬上就會忘記。有時候，這是真的；但其他時候，就完全相反。我們也有可能根本不會去要求，因為不會有結果，我們也不想聽到罵人的粗話（噢，當他們用粗魯的話回應我們，是多麼的傷人、多麼刺痛我們啊）。但是我們選擇隱藏自己受的傷、不去要求，或是耐心等待許久，等他們心情好、對我們感到滿意，這樣拒絕我們就說不過去了。有時候事情並非如此，於是我們就生他們的氣，也生自己的氣。

「幹麼這麼急呢？說不定下次他們就會同意了。」

大人的眼睛似乎不太一樣，看事情的方式也不一樣。當我的朋友對我提出要求時，只要看他一眼，我就知道該怎麼做。我可以當場決定，或是要他答應某些條件、問他問題，或是晚一點再做。就算幫不了他，我也不敢沒有理由就隨便拒絕他。

舉例來說，昨天有個同學說他要上廁所，但老師說：「不要再動來動去了，你早該在下課的時候去上。」我知道同學確實無緣無故的動來動去，但這是他的錯嗎？我看一眼就知道了。最後，老師同意他去上廁所，但快要下課時，她又在大吼說他先前不安分的表現，連他剛剛去了廁所都不記得。但我知道他會作亂是因為他很痛苦，擔心要是憋不住該怎麼辦。

大人不知道為什麼我們會作亂，他們認為我們會有這樣的行為，是因為被懲罰。我們也會懲罰他們——用不服從的方式——如果他們活該的話。

那麼，為什麼我們會用某種方式對待某個人，又用另一種方式對待其他人呢？如果是別的阿姨叫我小牛，我可能就不會生氣——因為那說不定是玩笑話，但這個阿姨已經不是第一次這麼做了。她的聲音很尖銳，還喜歡指揮別人，非常高傲。就讓她那樣吧，但她就是喜歡捉弄我們、惹我們不高興。

她可能自己也很煩惱，因為她有太多孩子了。但是這能怪誰呢？她不該生那麼多小孩的。「我得不停罵他們」、「花這麼多錢」、「我省吃儉用」、「我犧牲自己」。

她省吃儉用，卻胖得像酒桶。養孩子就是會花錢，這是無可避免的。

有些大人似乎根本不把我們放在心上。

「早啊，你這個小惡魔，」他會這樣說，或是：「哇，你長得好大啊。」

他只是為了說點什麼，而且顯然不知道還有什麼可以說，也看起來很不安。要是他摸你的頭，動作非常小心，像是害怕弄壞或拉掉什麼似的，那這種人通常很健壯、善良，心思也很細膩。我們喜歡聽他們和其他大人講話，他們會講一些冒險故事，或是談論戰爭。我們喜歡這種人。

有些人看起來很閒——不是惡作劇就是嘲弄人，或是幫你取綽號。也有人會用比較野蠻的方式和你玩，這樣的人有粗糙的下巴，身上散發著菸草的味道，然後還要抱你。他會捏你的手，在你被捏痛的時候大笑；他也可能會把你拋到空中，還覺得這樣非常好玩。

「我要把你丟到窗外……我要剪掉你的鼻子……我要剪掉你的耳朵，這樣你就不用洗了……。」

這些話都很蠢，一點意義也沒有，而你能做的，只有等他放你一馬。阿姨們呢——她們會立刻輕輕安撫你、又抱又親，不是親在嘴上就是抱得很緊，弄痛你的肋骨，但你還得表現得很有禮貌，因為她們愛你。要是有大男孩（大約十六歲左右）開始裝成大人，那會很讓人受不了，最後不是以眼淚收場，就是災難一場——因為他跌倒了。

最好還是跟年紀差不多的人相處。

媽媽答應讓我去看火災現場。我早該去的，要是消防車已經開過去，就看不到火了。

「但是要馬上回家。」

她可能有事情想和阿姨談，才會這麼快就同意。

「還有，不要把鞋子弄壞了。」阿姨加了一句。

她真的很愛管閒事。

誰知道「馬上回家」是什麼意思呢？

我趕緊出門，因為怕自己趕不上，或是媽媽又會再說些什麼，艾琳也可能想跟來，你永遠不會知道事情會如何。所以我抓起帽子就跑，一步跨四階。你可以這樣下樓，但你必須扶著扶手，所以有時候手會被扎到。那很痛，但你就是得冒險。

有個男孩知道火災地點，離這裡不遠，是一家煤油店。有人說地下室裡有汽油，如果汽油燒起來，整棟房子都會爆炸。警察正在驅趕人群，而火焰照亮了消防車和消防員的頭盔。

我不希望那些汽油桶著火——那樣就太可憐了，他們的房子會沒有屋頂。但是，當店裡的人和老闆不在現場，你好像又沒那麼同情他們了。因為，要是能看到整棟房子爆炸，會是很震撼的場面。

為什麼觀看可怕的事情會讓人感到愉快呢？像是意外、溺水，或是自行車被汽車壓到，或是看別人打架、抓小偷。或許這就是發生戰爭的原因——人喜歡血腥和危險。

火災是最刺激的事情……就像一場英勇的戰役。

不是只有小孩子，大人也喜歡跑來看熱鬧，彷彿能幫上什麼忙，但是他們卻對我們說：「走開，這裡不需要你們。」

我站在不同的位置，一邊思考是不是該回家了，還是可以再待一下。不待到火災結束實在很困難，雖然我也很怕回家會被罵。

有人說救護車應該快到了，說有個女人燒傷。現在看不到火焰了，只剩下煙。我不打算等救護車到來，反正我也擠不進去。

但就在這個時候，一團火焰猛竄到空中。一名消防員正在梯子上接水管。

「等他們開始噴水我就走。」

但也許這棟房子馬上就會倒塌。我甚至有點希望火災現在就結束。

警察又把我們推到更後面，所以我還是看不到，也覺得應該回家了。人群裡有人說消防車的幫浦壞了，另一輛消防車正在趕來。

就在這個時候，一個女人一邊尖叫一邊奔跑，他們拉住她，但是她掙脫了。我看見菲列、布羅內和加耶斯基。我希望這一切趕快結束，但是沒有人離開。當大家都在等待時，真的很難獨自離開。

火災不是遊戲，但我們常常得在最刺激的時候，中斷開心的事情，以免你遲到，或是有人要求你這麼做。

其實大人也是這樣。當他們在外面玩得很開心時，「好了，該回家了」這句話他們會說六次。

「再待一下吧。」他們也會這樣說。不然就是「喝完這杯再走」、「跳完這支舞再走」，或是「再玩一局牌」……然後他們就不得不離開了，因為他們要顧慮想睡的孩子，或是第二天要早起。

5 從維爾紐斯來的瑪麗

派對的日子終於來到。媽媽換上被蛾咬破的那條裙子——不過你看不出來，因為阿姨修補得很好。這天要慶祝「聖徒紀念日」[15]，有很多客人，大家會跳舞。派對從傍晚開始，我不知道是什麼時候結束的，因為我在卡爾家睡著了。

瑪麗從維爾紐斯[16]來參加，我和她一起跳了舞。是彼得叔叔叫我們跳的，我根本不想跳，但是彼得叔叔說：

「你這樣算什麼紳士？人家千里迢迢從維爾紐斯來，你竟然不想和她跳舞？」

15 基督教中的節日，以紀念聖徒與受難者。

16 如今是立陶宛的首都和最大的城市。

我覺得很難為情，所以跑到了樓梯上。他怎麼可以這樣說呢？好像她是特地來見我的——她可能也覺得難為情吧。但是叔叔抓住我，把我拉起來。我試著掙脫，腿在空中亂踢。他有點喘，但還是沒有放手。我非常生氣，因為我覺得更難為情了。然後他把我放下，說：「去跳舞。」

「別那麼傻，」爸爸說，「和她跳舞吧，她是從維爾紐斯來的客人。」

我站著，不知道該怎麼辦。我想跑掉，但怕他又會抓住我、用力搖晃。所以我慢慢的、一點一點的整理好襯衫，看看有沒有沒扣好或被扯破的地方。

瑪麗只看了我一眼，接著說：「別害羞，我也不太會跳舞。」她先動作，牽起了我的手。她的頭髮上有一條藍色緞帶和很大的蝴蝶結，她就是用這條蝴蝶結把頭髮綁在側面的。

「好吧，我們試試看。」

我氣呼呼的瞪了叔叔一眼，但他只是笑。然後所有人都走到旁邊，把空間讓給我們，而我們就站在那裡。如果我不服從，爸爸就會生氣，甚至會叫我離開派對，因此我別無選擇。

我開始和她一起轉圈，我頭昏腦脹，因為已經很晚了，我還喝了一點點酒。於是我說：「這樣就可以了。」但他們都在喊「繼續跳」。我覺得很熱、有點迷茫，但他們都在看熱鬧，瑪麗也沒有停下來，所以我們就繼續跳，直到我真的跟著音樂和節奏開始舞動。

我不知道跳了多久，最後瑪麗說：「好吧，夠了。我看得出來你不太願意。」

「我怎麼會不願意呢？只是我的頭開始暈了。」我說。

「我可以跳一整晚。」她說。

接著大人開始跳舞，我和瑪麗站在門附近。

「華沙[17]是個很棒的地方。」

「維爾紐斯也是。」

「你去過維爾紐斯嗎？」瑪麗問。

「沒有，但是學校的老師介紹過。」

她稱呼我的方式很隨性，但我不知道該怎麼稱呼她。大人之間是有規矩的，對陌生人

17 波蘭首都和最大的城市。

只要稱呼「先生」、「太太」；但是小孩子卻永遠都不知道該怎麼稱呼對方。有時候你會說「你」，對另一個人又說「小姐」或「師傅」，最後連我們自己也搞不清楚。這讓我們感到很羞愧，也帶來很多麻煩和煩惱。你得避開這種事情，不用這個稱呼、不用那個稱呼。

她——也就是瑪麗——來華沙拜訪親友，現在準備要回維爾紐斯了。她會在這裡待一個星期左右。

「她會來很久嗎？」

「誰？」

「呃，那位阿姨，還是姑姑——應該是妳媽媽吧？」

「噢！大概一個星期。」

從華沙搭火車到維爾紐斯要花上一整晚，我還沒搭過夜車。

「我想一直住在華沙。」她說。

「我比較想住在維爾紐斯。」

我這樣說，只是想表示維爾紐斯是個很棒的城市。接著，她開始說起維爾紐斯的街道名稱，我也說了華沙的；然後說起了雕像和紀念碑。

「有空就過來玩吧，我帶你到處逛逛。」

「好吧。」我回答得很蠢，好像我自己就能做決定。

卡爾朝我們走來，我們便開始聊學校的事情：維爾紐斯的老師、華沙的老師和書本，我們聊得很開心。但是彼德叔叔發現我們站在旁邊，就快步走過來，又開始糾纏我們。然後他們請瑪麗唱歌，她一點也不害羞，唱歌的時候還會往上看，彷彿望進了天堂，而且面帶微笑。

接著我們又繼續聊天。史蒂芬說院子裡有三個雪橇，其中一個很大，可以載兩個人。

「來吧，我可以載妳。」他對瑪麗說。

於是他們在那裡玩得很開心。他們的院子裡什麼都有，我不喜歡愛炫耀的人。

派對就這樣結束了，那位姑姑也帶瑪麗離開了。「你是不是該睡了呢？」媽媽問我。

我沒有反對，只問：「要睡在哪裡？」

「睡在哥斯基家。」她回答。

也就是卡爾的家。

「你明天還要上學。」

我知道，如果我說想再待久一點，媽媽也不會拒絕。我該怎麼做呢？我想睡覺，而且也覺得很無聊。

小艾琳一吃完晚餐就去睡了；而我正要跟卡爾一起去睡覺。

「維爾紐斯的人講話為什麼這麼奇怪啊？」

「我不知道。」

「我原本想問那個叫瑪麗的女生，但是我怕她生氣。」

「那當然。」

「她的頭髮很像吉普賽人。」

「不會啊，吉普賽人的頭髮很硬，但是她的頭髮很軟。」

「你怎麼知道？」

「不是看得出來嗎？」

「但是彼德叔叔說是吉普賽人的頭髮。」

「彼德叔叔只知道吃，」我生氣的說。他打了個呵欠後沉默了一下，然後又開始說：

「這裡的人都跟她不一樣。」

我沒有說話。

「她是個很不錯的女生。」

我還是沒有說話。

「而且唱歌也很好聽。」

我在等他翻身側躺。由於我是客人，表現出不想跟他說話的樣子不太禮貌，所以我問：

「你有寫作業嗎？」

「噢，作業。」他回答，然後又打了個呵欠，最後說：

「該睡覺了，不過你為什麼要答應提早離開派對呢？說不定還會有好玩的事。」

「哪裡好玩？他們只會繼續喝酒。」

「你有喝酒嗎？我有喔。」

明天，他到學校就會說自己是個英雄，喝了兩杯葡萄酒，所以頭很暈。

他翻身側躺，蓋好被子後又問：「你不會冷吧？我有拉走太多被子嗎？」

「不會，我很好。」

當一個人想睡的時候，什麼事情都可以激怒他。我覺得有點尷尬，因為我不喜歡卡爾，但他卻問我會不會冷。為什麼我會說他們只會繼續喝酒呢？這樣批判大人並不好。事實只不過是這樣：他們不一樣，享樂的方式也不一樣。要不是因為彼得叔叔，我根本就不會和瑪麗說話。我們對什麼事都感到膽怯，總是擔心會說錯話或做錯事，總是有種不確定的感覺，不知道這樣做是否合適，或者會不會被嘲笑。

我自己都不知道是被嘲笑比較糟，還是被大吼比較糟。

無論在家還是在學校，當你提出問題，問了一些事情，或是犯了錯之類的，馬上就會有人嘲笑你、駁斥你。每個人都想當最聰明的，他們只想揶揄你、讓你難堪。

這種不想成為笑柄的擔憂會讓你舌頭打結，讓你感到非常不自在，所以你總是有不確定的感覺。而你愈是小心翼翼，就愈容易做出蠢事。這就和溜冰一樣，愈害怕的人，摔倒的次數愈多。

「我們明天得做個雪橇。」我心想，然後就睡著了。

★★★

我才剛睡著，他們就叫我起床了。我睡了好幾個小時，但感覺沒有那麼久。吃早餐時，我揉著眼睛，沒什麼胃口。

「還是你今天就別去學校了？」爸爸開玩笑的說。他以為我會很高興不用上學，但他又加了一句：

「玩樂歸玩樂，上學歸上學。」

我仔細檢查書包，確保沒有忘記帶東西——像是筆之類的，因為想睡的時候必須謹慎一點。不過東西都有帶，所以我就出發了。

我一邊走一邊想像自己正前往維爾紐斯，我整晚都在坐火車，火光從窗外高速閃過，有像火一樣的閃電，一閃一閃的。

去學校的路上和上課期間，我都在想這趟旅程。到了第二節課，我開始想睡，完全忘了自己在上課，還開始小聲哼起歌來，連自己都沒發現。

「誰在唱歌？」老師問。

我那時還沒回過神，只是四處張望，看是誰在唱歌，但博羅夫斯基告訴老師是我。

「你在唱歌？」她問。

「沒有。」

因為我真的沒有注意到。然後我完全忘了這回事，又開始唱歌，可能比之前更大聲，因為老師非常生氣。

「你是不是也要說不是你呀？」博羅夫斯基說。

「對。」我說。

這時我才發現真的是我，這一次跟上一次都是我。

老師訝異的看著我說：「我都不知道你這麼可惡，竟然會說謊。」

但是，她沒有發現我也很驚訝、自己也很困惑嗎？我喜歡這位老師，她也對我很好，我怎麼會做出這種事呢？我低下頭、臉紅了起來。何必解釋呢？反正她也不會相信我。現在我知道了，人可能會突然大喊，或是像在做夢一樣吹起口哨。所以我立刻說：「我是故意的，我是個搗蛋鬼。」「搗蛋鬼」這個字很可怕，比「惡霸」還糟，比什麼都糟，這個字會讓人生氣。我也不喜歡「規矩」這個字，體育課就有一堆規矩。

服從、規矩，一想到這些字，我就覺得他們要懲罰我，拿鞭子或皮帶打我了。

「被寵壞的小鬼。」

「小鬼」這個字也很難聽。「小兔崽子」也一樣，讓人馬上聯想到狗窩。

有些「不雅的字眼」不應該出現在學校。你常會因為一個人說了一些不好聽的話而不喜歡他，而且這些話經常出現。

一開始，老師要我去角落罰站，但她後來改變了主意，叫我站到黑板前，並且要我解一道題目。那道題目非常簡單，我馬上就知道答案。我心算了一下，然後說：

「15。」

不過老師假裝沒聽見，這讓我很不高興，我說：

「答案是15，不是嗎？」

「等你算完就知道了，你算一次給同學看。」她說。

我不甘願的在黑板上開始解題，結果算錯了。同學開始笑：「回你的座位吧，不及格！」

這時，維斯涅夫斯基插嘴問：「他是要回座位，還是去角落罰站啊？」我穿過桌椅，但是維斯涅夫斯基故意伸出手肘，我忍不住推了他一下。他竭力大喊：「推什麼推啊？」這個混蛋，他還怕老師沒看到。但是老師猶豫了一下，不知道該繼續對付我還是懲罰他。這時，全班都鬧了起來。當大家安靜坐著時，教室就很安靜，可是一旦有人鬧起來，馬上就會冒出一堆話語、玩笑、戲弄、笑聲和騷動。這時候，要讓全班安靜下來就很難了。而第一個開始鬧的人，往往會代全班受罰。

「隨便他們吧。」

我把頭埋在手臂裡，假裝在哭。你可以常用這招，很管用，這樣他們就不會再煩你。雖然我非常難過，但我沒有哭，我覺得很不開心。

突然間，我想到：「如果瑪麗是老師，她就不會這樣。」

因為就算你真的很調皮，也可以用完全不一樣的方式來懲罰，而且不會讓你背課文的成績不及格。下一個同學在黑板上慢吞吞的寫字，解跟我一樣的題目，他最後得到的答案也是「15」。

「不，瑪麗不會這麼做。她還小，而且她離開了，她要坐整夜的車去維爾紐斯，我再也見不到她了，也許永遠不會再見到她。她不會再唱歌了，她的笑是那麼甜美，頭上還有藍色的蝴蝶結。她的頭髮也很柔軟，一點都不像吉普賽人。」

老師一定非常生氣，因為她在下課時走到我身邊說：

「如果上課時，你又開始像蒼蠅飛進鼻子裡那樣哼歌，我就要告訴校長，而且我再也不會幫你說話。」

然後她就走了，沒有給我機會為自己辯解。要是她給我機會呢？那又如何？我會說什麼呢？

說我喜歡瑪麗？

我死也不要！

「蒼蠅飛進鼻子裡？」我的鼻子裡根本沒有什麼蒼蠅，老師竟然拿之前發生的事情責備你。我們不該向他人提起先前的恩惠；而大人更該記住，翻舊帳只會讓人更惱火、更憤怒。這代表他們認為我們很容易忘記，也不懂得感恩。

但其實是他們忘記了，我們可是記得一清二楚，可以記一年，甚至更久。我們會記得每一次的無理對待與不公平、記得每一句話，也會記得他們做的每一件好事。我們會如實的衡量一切——他們在我們心中不是朋友就是敵人。如果看見他們的善意和真誠，我們也會原諒很多事情。等我平靜下來，我也會原諒老師。

穆德克走過來對我開玩笑，他看到我垂頭喪氣的，想逗我開心。

「你幹麼擔心數學呢？你會拿五個一百分的，就連不及格也會怕你。你的數學那麼厲害。」

「喔，別說了。」我小聲說。

我走到空地，但沒有玩耍，現在的我覺得跑來跑去有點蠢。

「要是所有女孩都長得像她就好了。說不定我們真的可以去維爾紐斯玩？或許爸爸會在那裡找到工作？什麼事情都有可能。」

⋆ ⋆ ⋆

我從圖書館借了一本書，是歷史故事，我決定要讀一讀。

我自己走回家，穆德克等不及先走了。我一邊走一邊踢一塊碎冰，就這樣走了一段路。踢的時候要小心，否則它就會滑到旁邊。我在那塊碎冰後面彎彎曲曲的走著，但是沒有因此走得比較慢，反而前進得比那塊碎冰還快。最糟的情況是，它撞到人行道的邊緣——碎冰會滑到旁邊，我就得折返回去踢它。我告訴自己，可以為它折返回去十次。

但我遇見了爸爸，他很生氣，因為我這樣蹧蹋鞋子。我走進柵門，有小孩在這裡玩雪橇，我便加入他們，但玩得並不盡興。當你感到擔憂，你還是玩得下去，但你時不時就會想起擔憂的事，就像有個人跟在身後說：「你忘記了嗎？你不記得了嗎？」

那不是你的良心，只是一些煩人的念頭。良心完全不是這麼回事——那些念頭是一種威脅——「你在害怕上帝。」

有個男孩說：「根本沒有上帝，都是人們自己想出來的。」他說他非常肯定，甚至願意賭一把——真是個笨蛋。

我用雪橇載著他們，玩了兩趟；他們也載了我一次，我玩夠了。

我坐在窗邊，看著書裡的圖片，但我不太喜歡。第一張是英雄的畫像，騎著馬的騎士，四處有炸藥落下並爆炸，而他高高舉起劍，身體僵直得像個木偶。

是不是在小孩眼裡，每件事都顯得比較差呢？對大人來說，這位畫家畫得很好；但是對孩子來說，他就畫得很差。短篇故事也是這樣，寫得像是在施捨，誰都寫得出來，詩和歌曲也是。大人不想聽誰說話，那個人就會跑來說給小孩聽。

但我們才是最喜歡故事、圖片和歌曲的人。

那些孩子呼喚我，跟我說他們要做一個新的雪橇，要我把兩塊木板讓給他們，還有一些繩子和一塊金屬板。

我拿金屬板給他們時，他們露出了不滿意的表情，還抱怨繩子太短，但是那條繩子非常結實。

他們拿一塊木板當成座位，另一塊用來加強底部。如果有更多金屬板，就可以鋪滿整個底部，這樣雪橇拉起來就會更輕鬆，不過至少現在最前面有一塊小金屬板。我還給了他們釘子，那根釘子又長又直，是我在路上撿到的。

每個人都記得自己貢獻了什麼，因為這樣就能根據自己的貢獻享有雪橇的使用權。能自己做雪橇、自己獨享很不錯，這樣就不欠任何人了。不過，小孩很少真正擁有什麼。

我的衣服看起來是我的，但其實是父母買的。無論在家還是在學校，都要照顧好自己的書和作業本。每個人都會檢查它們，而且有權干涉。老師可以把我的筆記本捲成一個圓筒，但若是我們這樣做，他們馬上就會說我們不愛惜物品，因為小孩無論做什麼都必須當個榜樣。

互相合作並不好，因為我們一定會吵架。其中一個人開始用雪橇載其他人，另一個也想載人。有人推了人，或是摔倒了，你告訴他這樣會把雪橇弄壞，但他並不在乎，因為他提供了一些木板，所以他也有權利。

或者，他根本不想推雪橇，只想像王子一樣坐著。我們經常吵架，這是事實，但是你想想，我們又是多麼容易原諒……。

大人之間有多少法律訴訟呢？但我們只能抱怨，而大人又不喜歡我們抱怨。他們做決定的原則，就是要盡快擺脫我們，或是認為他們偏袒的對象是對的——可能是年紀比較小的，或是年紀比較大的；或是女生；或是兩邊都不對，因為吵架並不好。

也許有一天，人跟人之間會用和平友好的方式相處。但不是現在，現在還不行。

有人會因為一點小事就生氣，馬上說：

「不然就把我的木板和釘子還給我。」

他知道我們不會還給他。能怎麼辦呢，把整個雪橇拆了嗎？那製作雪橇所投入的心血該怎麼辦？要再找另一個人合作，重新來一遍嗎？

「小孩喜歡動手做東西。」

這是當然的，而且小孩做了東西，就希望能用久一點。

小孩會畫畫，有人卻會把它撕掉，當成無聊的笑話——這真讓人難過。我找到了一根木棍和一些繩子，用它們做成一根鞭子——我不希望它被人弄斷。如果是雪橇，弄壞就弄壞吧。有時候，弄壞自己做的東西是好事，因為這樣你就可以做一個更好的。但你得先確定自己真的想再試一次，這才是你該這麼做的原因，也許是因為你有了更好的材料，或是更好的工具。

沒有鐵鎚要怎麼做雪橇呢？我們只好用石頭敲。要是有一塊好石頭就好了。我們發現了一塊好石頭，但它是用來鋪路的石頭，我們還試著把它挖出來，打算之後再放回去。要是被巡邏的人看見，他可能會狠狠的教訓我們一頓，之後你大概會一個星期都不敢出現在院子裡！

所以，我用一塊圓形的石頭敲打釘子——這樣很不方便，我還重重的敲到了自己的手指，一塊瘀血就冒了出來。而且，我的指縫間的皮膚還被鐵絲劃破，手指一彎曲就會痛。有個地方要用鐵絲把木板綁緊，這裡原本該用一根長釘子，但是我們卻用了三根短釘，結果木板裂開了，得把它固定好才行。

總是有東西壞掉，你也總是得修理。

「噢！他們做了一個雪橇，而且不讓我玩。」

「那你就自己做個更好的。」

「我想要的話就可以。」

「那就去做啊。」

「等我想要再說。」

「那就走開，別耍小聰明，不喜歡就不要看。」

「你不讓我看？」他說。

「對，不讓你看。」

其中一個人在做雪橇，我和另一個人則是把這個人推走，直到法蘭尼克說：

「隨他去吧，快來幫我，我沒辦法自己一個人弄。」

「那他為什麼要站在旁邊，說些自以為是的話呢？」

「噢，別管他，他又沒有雪橇，所以他很嫉妒。」

「噢，我還真嫉妒呢，嫉妒那個長得像刮刀的東西！」

有時候，這種鬥嘴會變成打架；但有時候，這種鬥嘴還挺有用的。就像現在：

「沒有鐵鎚你們什麼都做不了。」

「你這麼聰明，就去弄一把來啊。」

「我應該要給你們一把，這樣就可以把它敲開。」

「你有嗎？」

「當然有啊。」

然後你會打賭看他說的是不是真的，於是他跑去拿鐵鎚。

「這是你的鐵鎚？」

「不然是誰的？」

「說不定你拿了你爸爸的啊。」

「那也是我拿的，又不是你拿的！」

要是他沒有經過允許就拿了鐵鎚，然後事情鬧大，大家都會倒楣。不過，他也有一些釘子。

「如果你們讓我玩，我就讓你用。」

我們不該同意的，他只會掃大家的興。但是時間寶貴，每個人都希望至少能玩一下，所以我們還是同意了。不過真可惜，即使有了鐵鎚，我們也拿裂掉的木板沒辦法。而且那個人那麼重，玩的方式就像故意要把它弄壞。

所有努力都白費了。

我們又吵了起來，於是我就回家了。真難過，難過啊難過。

小艾琳看著我，知道我有心事，所以沒有找我一起玩。她把小板凳拉到我旁邊，坐下之後把小手放在我的膝蓋上。

我沒有動，只是在想：

「要是瑪麗是我妹妹就好了。」

我知道這樣想很壞，因為聽起來好像我希望艾琳死掉，好讓我換一個妹妹。我閉上眼睛，把手放在她的頭上，她立刻把頭靠到我的膝蓋上，接著睡著了。我靜靜的禱告：希望艾琳活得健康，也希望瑪麗快樂。

事情就是這樣，我愛上了瑪麗。

人的內心有多豐富啊，如此多樣！你環顧四周，看見房子、人、馬匹和車輛，有千種或百萬種不同的東西，無論是有生命的還是沒有生命的。而在人的思想裡，這些東西也同樣存在著，存在一個人的內心。我閉上眼睛，就能看到那些東西：房子、人、馬匹。沒錯，每樣東西都有許多不同性質，像是：一棟大房子、一匹漂亮的馬、一個善良的人。而這些東西的好壞，全取決於一個人喜不喜歡它，我喜不喜歡它。

此時此刻就是這樣——如此多樣！我對派奇的感覺是一種，對爸爸媽媽的感覺又是一種，對穆德克也是一種，對來自維爾紐斯的瑪麗又是不同的感覺。

但我能說什麼呢？就是「我喜歡」、「我非常喜歡」、「我愛」，只有這些。

可是我的感覺又跟這些不一樣。

而在最高處，有上帝的存在。

這些事情真是奇怪。

要不是我曾經是個大人，說不定就不會知道這些了。但現在我知道，小孩也會愛，只是他們不知道這叫什麼，他們可能甚至不敢承認這一點。不，這不是因為他們不願意說出來，而是他們羞於對自己承認，只會說自己「喜歡」。

他們連說出來都不敢。

「那個女生很棒，我喜歡她，她真甜美。」

大人很容易就拿「愛」來開玩笑，從這些例子，就可以看見他們說的話是多麼不恰當。他們會說：

「啊，是王子和他的公主。」

或是：「去親她啊。」

或是：「他們訂婚了。」

更糟的是：「丈夫與妻子。」

好像你不能喜歡某個人一樣。不能跟人說話、一起玩，或是在離別時握手，這樣才不會有人問你問題、懷疑你，誰都不會注意到什麼。

可是當你不能這麼做，還有什麼意義呢？

我可以裝作不經意的問：「『瑪麗』是個好名字嗎？」

我也可以說：「她頭髮上的藍色緞帶很漂亮。」或是：「她為什麼笑起來有酒窩？」

只要我敢問或說出這樣的話，他們就會開始探聽：「你是不是喜歡她？還是你想跟她結婚？」

真是愚蠢的玩笑、愚笨的嘲笑。

因為我懂。

有些人只會模仿，他們想討好、奉承，於是就會讓女生挽著他們的手臂，說：「我的妻子、我的未婚妻。」

大人希望我們聰明，彷彿不喜歡我們的童言童語，但他們又強迫我們開玩笑。他們不知道，讓一個活生生的人出糗是多麼不開心的事情，小孩會因此心碎，而被他喜歡的對象則會對當事者心生不滿、產生惡意。

我靜靜的坐著思考。在這樣的黃昏時分，有成千上萬個孩子和我一樣，在各種不同的小房間裡深思人生中那些奇怪和悲傷的事，想著心事和周遭所發生的一切。大人並不知道我們會這樣沉思，他們大多會說：

「你在那裡做什麼？為什麼不去玩呢？怎麼這麼安靜？」

小孩四處奔跑、製造噪音，看著許多不同的事物，然後就會想在安靜的地方跟自己對話。而在一千個小孩當中，只有一個能從大人或朋友身上獲得幫助。

舉例來說，夢是多麼奇怪的東西啊。小艾琳睡著了，什麼都不知道。她可能夢見了什麼，因為她嘆了口氣。在托兒所裡，她說不定也有喜歡的對象，可能也不想告訴別人。我拿自己和艾琳相比，想起了當我是個大人的時候。我發現我們其實很像，其實都一樣。成熟的大人就像小孩，而小孩就像大人，只是我們還無法互相理解。

所以……

我又見到了瑪麗。

瑪麗再次來我們家，她連外套都沒有脫，只表示他們要走了，這趟只是來道別。

上一次（也就是第一次見面），我們打了招呼，然後一下子就要道別。

我站在我種豌豆的花盆旁邊，有一顆發了芽，也長出四片葉子，兩片朝這裡、兩片朝那裡。播種之後看著它們發芽，真的很愉快。

你幫它們澆水，一株植物靠著水和種子，就這樣開始生長。它是那麼的小，幾乎是從無到有。

我站著，手裡拿著一張明信片。明信片上面畫著有翅膀的天使，它站在懸崖邊的兩個孩子旁邊，那是個深不見底的深淵。孩子們在懸崖邊彎腰採花，天使正看顧著他們，不讓他們跌落。

瑪麗是和姑姑一起來的，這是我人生中第一次見到這位姑姑，是我們的遠房親戚。

我心想：「如果瑪麗開始跟我說話，我就把這張明信片送給她。如果她不說話，我就不送。」

這張明信片是買給她的，因為我知道她會來，雖然我也擔心她來的時候我可能還在學校，所以每天放學後，我都馬上跑回家。

「你在急什麼？」穆德克問。

「學校提早放學嗎？」媽媽驚訝的說。

但我沒有回答，我要說什麼呢？

瑪麗戴著一頂絨毛帽，衣領也是類似的款式，而且她的頭髮捲捲的。

她媽媽在跟我媽媽說話，聊著她們在維爾紐斯認識的人。

但瑪麗很沉默，因為我匆匆吻了她母親的手，就是那位來自維爾紐斯的姑姑，然後就直接走到我的花盆旁邊。她站在那裡，靠著她媽媽。

我從書裡拿出那張明信片，就是有天使圖案的明信片，瑪麗立刻朝我走過來。她走得很快，彷彿有人在推她。我急忙把明信片夾回書裡，感覺自己的臉漲紅了，因為我變得更不知所措。

她站在那裡，用同樣也是絨毛製成的手筒[18]遮住臉。我笑了，她也笑了。然後我轉過身去，假裝看花盆。

艾琳跑過來給瑪麗看她的娃娃。

「妳看，她有鞋子。」艾琳說。

我又轉過身去，瑪麗看著娃娃說：「她會閉眼睛嗎？」

「不會，」我回答，「小娃娃不會閉眼睛。」

接著瑪麗走到離我很近的地方，說就算是小娃娃也會閉眼睛，只有真的很小的娃娃才不會。

「我很快就要回去了。」她說。

我驚覺就是現在，機會就在這一刻，所以我迅速拿出有天使圖案的明信片。我擔心之

18 保暖用的配件，為圓筒形狀，手可以從兩側洞口伸入保暖。

後就沒有機會拿給她了。

「好看嗎？」我問，一邊拿給她看。

「好看。」她小聲的說。

我也小聲的說：「妳想不想帶回去？」

我不想被艾琳看見，因為小小孩喜歡插嘴，說不定她會大聲說話。

媽媽正在跟姑姑說話，她們沒有發現或看見什麼。

「寫點什麼吧，當作紀念。」瑪麗說。

她用懇求的語氣說著，看我願不願意。這件事進行得非常順利，我很快就寫下：來自華沙的紀念。還用吸墨紙壓了一下。

「噢，你把字弄糊了。」她驚呼。

「不會呀，妳看。」

我說「妳看」，這代表我已經可以隨興的稱呼她了。不過「紀」這個字的確有點糊掉。

「沒關係。」她說，過了一下又說：「也寫一下是誰寫給誰的吧。」

「為什麼？」

瑪麗思考了一下，她的頭微微歪向一邊，並說：

「明信片都是這樣寫的。」

但是我寫：給來自維爾紐斯的瑪麗。

接著，我就用巧克力棒的銀色包裝紙將它包起來——我可是把所有東西都準備好了。但是我發現這樣會透光，於是我撕下一頁筆記，再用這張紙把它包起來。

「噢——你撕了一頁。」她說。

「這沒什麼。」

「脫掉外套吧。」媽媽說。

「不，我們必須走了。」瑪麗的媽媽說。這時，瑪麗拿起了包好的明信片，塞進她的手筒裡。

「你最喜歡寫哪個英文字母？」她問。

「大寫的『R』。」我告訴她。

「我喜歡大寫的『W』。給我一張紙，我寫給你看，不過要用鉛筆寫，我們來看誰寫得比較漂亮。」

她寫好了字，我也寫了，不過我沒有認真把字寫得漂亮——是不是為了讓她呢？

「怎麼樣，誰寫得比較漂亮？」她問。

她笑了起來，牙齒非常整齊，也很潔白。

「你在明信片上的字比較好看。」她說。

我羞紅了臉說：「有時候就是可以寫得好看，有時候不行。」

我們寫了「華沙」、「維爾紐斯」這幾個不同的字，還有數字。

「我不喜歡寫『8』，」她說，「不知道為什麼，彎曲的地方我都寫不好。」

沒錯，「8」真的很不好寫。不過，她穿著大衣也不好寫字，所以她看了她媽媽一眼，並說：

「我該脫外套嗎？」

但她們得離開了，瑪麗想撕下我們寫字的那張紙，但我不讓她這麼做。

「為什麼你想要留著？」

「讓我留著吧。」

「為什麼呢？」

「當作紀念。」我小聲的說。

「噢，這個紀念品多好笑啊，我會從維爾紐斯寄好看的卡片給你。」

她留下了那張紙，接著我就帶她去看我的花盆，如果她想要的話，我也可以送給她，但是她要怎麼帶花盆搭火車呢？瑪麗用手指摸了每一片葉子。

「我們要走了。」她媽媽說。瑪麗起身，趕緊跑到媽媽身邊。我們沒有再多說什麼，我待在我的花盆附近。

我們就這樣站著，又說了一些話，不過沒有很久，我已經開始希望她們離開了。

對於道別，我感到有點緊張。

「孩子們，跟對方說再見吧。」

我別過身，甚至別得更多。

「這是什麼意思，你不說再見嗎？還是你們吵架了？不想親吻道別嗎？」

「我不親男生。」瑪麗說。

「噢，」媽媽說，「那妳要不要在離開前為我們唱首歌呢？」

「我可以唱歌。」

「等我們下次來的時候再唱吧，現在唱只能開開嗓而已。」

瑪麗親了媽媽和小艾琳，卻只把手伸向我，她的動作是那麼優雅，甚至沒有微笑，還戴著手套。

她們離開了。

「你真沒禮貌，」媽媽說，「瑪麗是個小淑女，而你卻一點也不懂事。」

我對艾琳充滿感激，我親吻她——我把她拉近，親吻了她的額頭。

「妳今天真有禮貌，艾琳。」我對她說。

然後我開始寫功課。我的心情很好，平靜無比。明信片的事情很順利，那張明信片也的確很漂亮。我一開始想買一張有花的，後來考慮一張風景明信片，上面有森林和一間屋子，還有一匹馬站在屋子旁邊。還有兩張明信片也不錯，但是其中一張印著「生日快樂」。那張天使明信片大概是最好的了，上面有山、懸崖、花朵，還有守護天使。

「守護天使」聽起來很可怕，應該說是「保護者」——不過我也不確定。

等我有錢，我也會買一張一模一樣的，因為瑪麗大概不會寄明信片給我，等她回家就會忘記了。

我正在抄寫一首明天要用的詩，艾琳的洋娃娃就放在我身邊，一切都是從那個洋娃娃開始的，還有那個有四片小葉子的花盆。等它長大了，新葉子會從更高的地方長出來，這四片葉子就會在最下面——大概會最先掉落。我要等它們變黃以後自己掉下來，還是趁它們依然翠綠時就摘下來，晒乾留作紀念呢？我暫時還不確定該怎麼做。

我在抄詩，寫得非常仔細。某個段落中有一個大寫的「W」，我努力把它寫到最好，我也不知道究竟是大寫的「R」比較漂亮、寫起來更有趣，還是大寫的「W」。

我看著我們一起寫字母的那張紙。

真可惜，我愛上了她，而我們再也不會見面了，只有紙張上那些小小的字母和四片小葉子……還是她真的會寫信來呢？或是我會夢到她？說不定我會在路上見到長得像她的女孩，因為我之前也見過跟派奇很像的狗。

女生才不好，她們自以為是、愛吵架，還會扮鬼臉。她們喜歡裝成大人，而男生只會搗亂。她們會躲著我們，但同時又想跟我們在一起——好像是在給我們面子。當她們之中碰巧有人願意跟我們一起玩，她就會表現得比我們還要差，簡直就是最糟糕的男生。

當然，也有一些女生比較會打扮。她們穿裙子、戴蝴蝶結、戴珠子和各種飾品，看起來很漂亮。如果有男生這樣嘗試，看起來一定很蠢。有些男生也留著很長的頭髮，像洋娃娃，他們難道不覺得丟臉嗎？

我們是不是應該讓她們呢？像是不能打女生，也不能推女生？「她是女生啊。」別人馬上就會這麼說。

這讓我們心生怨恨與不滿，甚至會產生敵意。

為什麼不可以？

男生和女生一起在學校學習，如果有男生向老師告一個女生的狀，就會有人說：「你是男生，竟然連一個女生都搞不定！」

如果是這樣，那下次我就自己解決。結果演變成一場大鬧劇，所以你真的不知道什麼才是對的。

如果大人沒有一直提醒我們男生跟女生間的「問題」，我們可能早就忘了，或者根本不會去想。噢，不！你覺得他們會讓你忘記嗎？在他們的話語裡，男生跟女生彷彿沒有任何差別，但其實正好相反。

有這些想法讓我覺得很不高興，這樣很糟，但是我不能說謊。這當然不是瑪麗的錯，這種情況會不會只出現在華沙呢？

不過，她真的寫信了，她有遵守承諾。她寄了一張黑色聖母像的明信片給我，上面還有她的地址和郵票，什麼都有，她並不會害羞得不敢寫信給男生。

她的膽子很大，也不怕唱歌，甚至還是先開口說要跳舞的人。

她真的寫信了。我把明信片、那張紙和葉子放在一起——有片葉子斷了。

⋆⋆⋆

接著是校外教學，我們沒有坐電車，而是走路過橋到公園，非常的美好。我們想要四個人一起並排走在路中間，而不是兩個兩個一起走，否則大家只會推來推去，但是老師不准我們那樣做。她是對的，如果那樣走，很快就會有人不遵循隊伍、會亂成一團。有人會從後面踢你，有人會脫隊，有的會跑到右邊的某個地方，有人往左，他們甚至無法兩個人一起待在隊伍裡，用同樣的步伐前進。

這種感覺很好，我們過十字路口時，有兩輛馬車和一輛汽車停下來等我們先通過。這種「我們也很重要」的感覺真好，他們得停下來等。

我和穆德克一起走，選擇好的同伴一起走是很重要的，你也必須知道走在前面的是誰、走在後面的又是誰。

走在橋上的感覺最棒，因為河水結冰了。

「有人會在冰上鑿洞，下水游泳呢。」

「你不怕嗎？」

「怕什麼？」

「很冷啊。」

「冷又怎麼樣？」我說。

至少，表現出不怕的樣子很好玩。

「你可以把水變成冰，或是蒸氣。」

「這有什麼奇怪的嗎？」

「蒼蠅可以在牆上走，魚能在水裡呼吸，不是也很奇怪嗎？」

「還有青蛙，牠是蝌蚪變成的，就這樣變過來了。」

我們就是這樣思考的，好像這一切都是某個人創造出來的。如果不是上帝，那會是誰呢？

穆德克和我聊著天，幻想我們有一艘船——我們帶著麵包、乳酪和蘋果，準備前往格但斯克[19]。我們沿著維斯杜拉河的支流航行，經過群山和山谷，還有許多歷史遺跡。

我們開心的說著，不過聽起來就像一堂課，或是一場考試。

學校很好，可以讓人花很多時間思考許多不同的事情。你在地理課發現一件事，在生物課、歷史課又發現了另一件事——你甚至都不知道，這些東西對思考有多大的幫助。

「我們要去格但斯克，還是去克拉科夫[20]？」

「呃，逆流而上很難啊。」

「那就坐汽艇吧。」

19 波蘭北邊沿海最大的城市，也是重要的海港。

20 波蘭第二大城，位於波蘭南部。

每所學校都該擁有一艘自己的船。它停在港口，我們會負責看守它，每天派四個人輪流在白天和晚上看守。當冰融化，河水開始流動時，我們就立刻揚帆，繼續我們的旅程。一個班級去一週，然後換另一個班級。大家輪流留守船艙、掌帆，或是去掌舵。但我們自己也不知道，這艘船到底該是帆船、郵輪、汽船、接駁船，還是橡皮筏。

雪地反射著強烈的陽光。

公園裡一片雪白。

我們這時才開始四處跑，有些人甚至想脫掉外套，但是老師不允許。跑來跑去會讓你的身體熱起來，所以後來我們奔跑時都脫掉外套了。

不過，我們沒有惹出什麼太大的麻煩，因為不希望老師大吼。在應該開心快樂的時候，生氣是最糟糕的事。

老師只要罵一個人，所有人都會感覺到。大人很少會在快樂的時候被打斷，但我們經常遇到。團體之中總會有麻煩製造者。

而今天，那個人就是卡利基。老師讓他和魯茲基一起走，但他一開始就不願意，因為他們看對方不順眼，卡利基一路上都對魯茲基又推又擠。老師氣得不得了，說我們走得像一群暴民，還說她不會再和我們一起出來了，因為別人都在看，實在非常丟臉。結果卡利基就故意鑽到一輛馬車下面，老師很擔心他會被馬車碾到。不過，卡利基每天都自己上下學，也沒有人在旁邊看著他，就讓他自己走吧。但我知道不能這麼做，如果讓某個人自己走，其他人也會跟著亂跑。

在公園裡，大家也沒有馬上集合，還得催他們回來。但是我們走了這麼遠，大家都想待久一點。這裡很美好，所以大家不想離開，事情就是這樣。有些人很聽話，正在集合，但你會發現還有一個人不見蹤影，站著等又很無聊，於是你就去找他。已經集合好的人看見其他人還在玩，自己的腳卻凍得發麻，便開始不耐煩。

「我們趕快走吧。」

他們後悔自己這麼聽話、太快集合。另一邊的人還在跑來跑去，而這些人卻要聽老師發火。

他們等了又等，最後偷偷溜走。其他人看見只有幾個人在集合，所以也不急，每個人都想當最後一個，每個人都不想等。

如果是我，我就不會在這裡發脾氣。如果老師在湊齊至少三對同學之後就帶隊離開，其他人就不得不跟上來。慢慢的，大家就會集合。也許會有人說：

「就讓他們走吧，我可以自己回家。」

但他肯定會害怕自己一個人回家，因為會被處罰，所以他也會跟上來。如果他不這麼做，那也只有一個人而已，你不該一下子就對所有人發脾氣。

如果大人願意問我們的意見，我們一定會給出正確的建議，而且不會只說一點點。為什麼呢？因為我們比誰都了解自己的困擾，我們有更多的時間思考和觀察自己，我們比較了解自己，而且我們也比較常和彼此相處。一個孩子或許知道得不多，但是一群孩子之中，總有人懂得比較多。

對於自己的生活和各種事情，我們是專家，但是我們很少表達，因為不知道哪些話能說、哪些話不能說。我們不僅害怕大人，更害怕那些不願意理解別人、不想守秩序、只想透過不公平的方式和吵鬧為自己謀利、獲得好處的同學。

如果我是大人，我就會馬上說：「這叫無政府主義、煽動性言論。」

那麼，團結是什麼呢？每個人都有特別喜歡的人，也有一些普通朋友；但也會有一些不太喜歡，或沒什麼特別感覺的人；甚至還會有兩個討厭的人。

有的人很受大家喜愛，有的人則是喜歡大家。除此之外，大部分的人都是害怕的，因為強勢的人會讓別人感受到他的存在，他想做什麼就做什麼；另外，也有人特別受老師喜愛。

從校外教學回家的途中，我跟穆德克聊起來自維爾紐斯的瑪麗。

「你知道嗎，穆德克，我收到一張從維爾紐斯寄來的明信片，上面有花，是勿忘我，那是一張非常漂亮的卡片。」

然後我又說：

「是某個女生寄的。」

我告訴他瑪麗的名字和年級。

「不過你要記得，這是祕密。」

我還告訴他，我在聖徒紀念日的派對上和她一起跳舞，而且她唱歌很好聽，還有一頭黑髮。

「穆德克，派奇的事，我之前先告訴了巴克維茲，所以你生氣了，但是我不得不這麼做，因為他不願意借我錢，而且那時候我跟你也還不太熟。」

我們就這樣邊走邊聊，勾著肩搭著背，穆德克說他也有喜歡的女生。

「因為她總是很悲傷。」

「我的瑪麗應該是很快樂的。」

我們走在橋上時沒有多說什麼，但是後來：

「那天我說了你爸爸的事情，你不生氣了吧？」

我原本以為他沒聽見，因為這時突然有一輛卡車經過，是軍用卡車，非常沉重，鐵鏈也哐噹作響。車上坐著三個士兵，司機則是平民，不知道為什麼。其中一個士兵帶著一隻狗，那隻狗靠在扶手上，頭不停的上下起伏，看起來很害怕。

但是穆德克聽見了。「現在不氣了，」他說，「只是別再提了，這樣不太好。有時候，我也覺得我爸爸很讓人無法理解。雖然大家都知道他的德性，但是當他們說出來，我就覺得很難受。」

「我沒有任何意思，」我說，「只是脫口而出。」

現在我真的是穆德克的朋友了，我也會給他看我帶來的明信片。我對自己說的話道歉，也跟他說了我的祕密，我不希望他覺得我只想知道他的事情，卻不願意讓他知道我的事情。我說不定還會邀他來我家。

大人要我們道歉的方式多麼可笑啊，你才剛做了某件事，他們就立刻說：「去道歉。」別擔心，如果我知道自己錯了，我會道歉的，但不是馬上。我會自己決定適合道歉的時機，否則這個道歉，聽起來就會很虛假、像個謊言。

瑪麗寫的明信片很好笑：

「親愛的表親，我在維爾紐斯，我今天不會去上學，因為我搭了一整晚的車結果著涼了，正在發燒。獻上一兆個吻，熱情的瑪麗。」

要把這張明信片給穆德克看，讓我覺得很害羞。

老師要我們寫一篇到公園郊遊的作文，必須要有四個段落：前往公園的路上、在公園裡、回程，以及結尾。她稱讚我寫得很好。我是這樣寫的：

「那天天氣很好，老師帶全班出去郊遊。我們走過很多街道，街道的兩邊有很高的建築，中間則是來來往往的車。電車在軌道上行駛，但是計程車、馬車和類似的車輛就沒有軌道。附近有一大群人，街角有警察。

「我們在公園裡玩了幾種不同的遊戲。公園被白雪給覆蓋，樹都光禿禿的，因為沒有葉子，不過樹頂都長得非常高。公園裡沒有歷史遺跡，而且草只在夏天生長，灌木叢都是多汁的葉子。

「我們在回家路上又經過了那座鐵橋，我們看著冰，兩個兩個一組走回來。

「這趟去公園的旅程非常開心，一整天都很晴朗，我們也玩了很多遊戲。」

寫作文並不開心，因為你無法在裡面寫出真實的東西，不過這是老師規定要寫的。

瑪麗生病了，她可能病得很嚴重，但是我不會知道。她可能會死掉，因為小孩也是會死的。收到那張明信片，我好像很高興，但我其實也有點不安。

「她為什麼會來這裡呢？」

或許是聽來的，我很久以前就知道有個姑姑在維爾紐斯，也知道她有孩子。也許他們有說過她有一個女兒——瑪麗。就這樣，直到我突然見到她。

那又怎樣？跟我有什麼關係呢？

只是一個遠房親戚，某個表親罷了。

如果不是因為叔叔，我根本不會跟她說話。如果她來道別時我還在學校，我也不會再見到她。

我是不是該撕掉明信片，結束這一切呢？

我為什麼要受這樣的折磨？為什麼要想這些？為什麼要擔心她好不好，或是她出了什麼事？

而且我也不會回信，因為我沒有錢。

就算真的有錢，我也不會回。

「來，臭小子，」爸爸說，然後就給了我二十五分錢，「去買點你需要的東西，或是去看電影。」

但是媽媽說：「噢，別給他錢，你這樣只會把他寵壞。」

而我愚蠢又尷尬的接過了錢，這一切都發生得太突然了。

當時爸爸正在數錢，他加了加，總共有三十一還是四十一元，然後還剩下二十五分錢硬幣。那時我正好站在旁邊，他就把硬幣給了我，真是出乎意料。

接下那些錢的時候，我開始為爸爸感到難過。他本來就沒多少錢，也已經在我們這些孩子身上花很多錢了。他沒有為自己買東西，但是卻必須為我們買東西——大衣、鞋子、食物、學校，以及所有東西。而我們調皮搗蛋時，只會帶給他許多煩惱和擔憂。

我想回到十歲的時候，完全忘了自己不會賺錢，只會成為負擔。不，孩子並不是白吃白喝的寄生蟲，上學就是我們的工作。我們放假的時間的確比較多，但是老師也可以因此休息。我們比老師還努力，對我們來說，一切都是新的，都是困難的。

這樣就叫白吃白喝——孩子什麼都不做，白白吃飯？

我想要回到十歲的時候，完全忘了沒有自己的錢是多麼辛苦，簡直是種奴役。舉例來說，我有一把很糟的尺，有人弄壞了它。我離開時它還好好的，等我下課回來，它就不見了。我找了半天，最後在另一張桌子上找到它，它的邊緣變得凹凸不平。用這樣的尺沒辦法畫出直線，因為鉛筆經常卡住。有些尺的邊緣是鋼做的，但它們很貴。而我們的這種尺，似乎是刻意用軟木頭做的，不小心敲到桌子，它馬上就會出現凹痕。

我們承受了這麼多損失和破壞，卻什麼也不說。如果向老師抱怨，她只會說：「小心一點。」可是下課的時候，你又不能待在教室裡，也不可能時時刻刻都小心謹慎吧？

現在我有了二十五分錢，也許這就是命運吧。

我會買一張明信片給瑪麗、還巴克維茲十分錢，解決派奇的事情，然後再買一把尺備用。要不要再買一條備用鞋帶呢？要是我弄斷了一條，媽媽就不會說難聽的話了。或許我還會借穆德克一點錢，因為他可能也需要一些東西。

去看電影會很有趣，但是該怎麼做呢？我該一個人去，不告訴穆德克嗎？如果之後才告訴他，他一定會覺得很受傷。

二十五分錢看起來很多，但是當你開始仔細算，就會發現它根本不夠用。

大人都認為小孩很隨便。是的，我們之中真的有這類人，正如大人之中也有這類人。為什麼穆德克的爸爸會把錢浪費在喝酒上呢？什麼樣的人都有，有的人會偷自己父親的錢，拿去請客；有的人拿著錢要去買作業本，結果卻買了糖果；有的人會借錢不還，或是把錢弄丟，因為他的口袋破了洞，或是掏手帕時錢也一起掉出來；也有人只在不得不花錢時才會花，他會一點一點的存，儲蓄很久，然後買禮物送給父親，或是買貴重的東西。

穆德克和我一起去尋找漂亮的明信片。她收到了天使卡片，寄給我的則是「勿忘我」。其中一張卡片上有一個男孩和一個女孩，但我覺得很害羞，因為看起來很像代表我們兩個。

如果可以走進店裡挑選，那會比較簡單，但是這樣很不自在，因為店員會一直盯著你，怕你偷東西或是折彎、弄壞什麼。他們也很急，不喜歡你到處翻看所有東西。他們會說：「請快一點。」

顯然是希望你趕快走。

小孩只有幾分錢，所以他們也賺不了多少。

可是大人也不會一次買很多東西，他們卻讓大人翻閱所有卡片——就算他今天只買一張明信片也沒有關係，因為明天他可能會花更多錢。

而我們呢？只有區區幾個硬幣。

我馬上把錢還給巴克維茲，我之前都不敢找他，直到我有了錢。

「這是你借給我的十分錢。」

「我說過了，那是給你的。」

「我不要。派奇怎麼樣了？」

「牠還能怎麼樣呢？」

他不回答我。說不定他的父母不讓他養，說不定他們把派奇趕走了。

「牠還在你家嗎？」

「不然會在哪裡，你不是丟給我了嗎？」

「我不是丟給你，我是送給你。」

「那如果我沒有接受牠呢？」

「或許有其他人可以接受牠。」

「你覺得別人可以隨隨便便就帶一隻狗回家嗎？」他這麼伶牙俐齒，讓我有點生氣。

「為什麼不行？」我問。

「你爸爸媽媽就沒讓你帶回去啊。」

「因為我根本沒問。」

我很生氣，因為對他來說一切都很容易，我卻還是孤零零的，也因為狗是人類最好的朋友。

我知道這是嫉妒——一種醜陋的情感。但是當有個人過得很順利，他自己卻毫不珍惜時，難道你不會嫉妒嗎？

我很好奇派奇是不是還認得我，所以我只好吞下這股氣，說：

「我可以改天去看看牠嗎？」

「這個嘛——等你來我家的時候，我就會讓你看牠。」

「那我可不可以帶牠回家一天？」

「天哪！你什麼都想要。如果牠是我的，那就是我的了。你可能搞錯了，說不定牠根本不想跟你走。」

「你怎麼知道？說不定牠想。」

「牠已經習慣我了。」

「那你就留著牠吧。」

「我當然會。」

我轉身離開。我為什麼還要跟他說話？反正他不會理解。

人們表面上只是在交談，但不同人感受到的卻不一樣，所以才會有誤解。

只剩下穆德克了。

我們現在總是待在一起。

我們早上見面，一起去上學，下課時也在一起。

他是我現在唯一的朋友。

但也許這樣想是不對的。

因為我還有小艾琳，還有爸爸媽媽。我也忘了，在跟瑪麗道別那天，我們一起吹桌上的小球。桌上有一個小球，不知道是從哪裡來的，可能是手錶的零件之類的。瑪麗說：

「看誰吹得最用力。」

她從一邊吹，我從另一邊吹，我們也讓艾琳玩了幾次。

6 灰暗的日子

有個同學弄丟了他的第二頂帽子。

這件事鬧得很大，不過主要是二年級那邊的事情。他們的書和作業本經常不見。學校本來打算進行搜查的，老師們說這件事讓學校蒙羞。大家都報告了自己丟了哪些東西，讓老師們登記。我的東西沒有不見，我有一小塊橡皮擦，可能剩下四分之一塊，大概還可以用一個星期吧，我不確定。我可能是在學校弄丟的，也可能是在路上，或是在家裡。有些人在報告遺失物品時，說得好像整間學校都是小偷一樣。只要有人弄丟東西，或是把東西送給別人自己卻忘了，就把這些報告出去，搞得老師最後都登記不完。有些人可能還說了謊，因為潘賽維奇說：

「你為什麼沒告訴他們，你也有東西不見呢？說不定學校會賠償我們。」

明明沒弄丟東西卻要求賠償，是更嚴重的偷竊，這樣的人根本不懂得尊重自己。

不過有人是真的弄丟了很多東西。這些人不是很聰明，他們會把東西隨便亂丟，然後就找不到了；或是把東西借給別人，然後不記得。於是，大人就因為這些人說「小孩都很粗心大意」。

更糟糕的是，這些人還希望每個人都像他們一樣，如果有人不願意把東西隨便借給別人，他們馬上就會說：

「自大狂、小氣鬼、吝嗇鬼。」

他經常惹得你非常生氣，因為只要看到東西，他就會說：

「借我用一下。」

不然就是威脅你：

「你給我記住，你會後悔的！等著瞧，我會提醒你，你總有一天會來求我。」

弄得我們比大人更常把東西給別人。大人要你保有一些自己的東西，可是如果大人不給你，你又能怎麼辦呢？

父母經常是問題的根源，但受苦的卻是孩子。要是他們不相信你，那就更糟了。在大人之間，大家都會信任誠實的人；但在小孩之中，最讓我們尊敬的人，卻是嫌疑犯。

「我要用它來買留言板。」

「又要新的留言板？你不是剛買一個嗎？」

這樣的問題讓人受傷。難道我把東西吃了嗎？大人有自己的錢，需要什麼就買什麼；而小孩得到父母給的錢就像獲得了恩惠，必須等到父母心情好，否則他們可能會說些難聽的話。

應該要讓孩子每個月有固定的零用錢，這樣他才知道自己擁有多少，學會如何花錢、如何存錢。如果像現在這樣，你不是什麼都沒有，就是一下子擁有太多，只教會我們乞討或賭博；而表現得乖巧也是有目的的，為了得到東西。

我們確實會弄丟東西，或是忘記東西——這是真的。但是大人有很大的口袋和不讓別人碰觸的書桌抽屜，他們走路也慢，比較穩重。就算如此，他們也會弄丟和忘記東西。

當我們努力嘗試、記住了，或做對了某件事情，沒人會說什麼；他們不會去想我們付出了多少努力。可是只要出了一點差錯，就會上演一場風波。

在電影院裡，寄物處有服務人員，你把外套交給他們，他們會給你一個號碼牌，這樣怎麼會弄丟東西呢？而在學校裡，每個人都會匆匆忙忙掛好自己的大衣，再自己拿下來。三百個學生都會把外套掛好，只有少數人隨便亂丟，可是卻沒有人提到那三百個守規矩的孩子，反而所有孩子都被罵了。事情看起來就是這樣——只要有孩子在的地方就會出問題，一向如此，無論何處；但如果是大人，情況就不一樣了。當你看到大人說了冒犯人的話、羞辱你、懷疑你、虐待你、懲罰你，你不是失去改進的動力，就是會刻意做出某些事情——因為無論怎麼做都不可能讓他們滿意。

「隨便他們罵吧，他們能對我怎麼樣？」

你只會想辦法迴避、退縮，離他們愈遠愈好，也盡量不要來往——除非必須跟他們來往，因為當你真的很痛苦時，你就會需要他們。但如果只是一些小事——例如有東西跑進眼睛裡——那最好找朋友幫忙，否則大人就會馬上指責批評：

「為什麼這樣？為什麼那樣？為什麼、為什麼、為什麼、為什麼……？」

好像我都搞不清楚狀況。

有時候，我們也不得不把責任推給別人。會這樣告密的人很少，也只有在萬不得已的情況下才會這麼做。但他也總是擔心受怕，害怕別人會用難聽的字眼或惡毒的話斥責他。

想想看：犯法的大人被關在監獄裡，不守規矩的小孩卻在我們之中來來去去。沒錯，大人跟孩子是住得很近，不過並不同心。而且當孩子因為喜歡而親近某個大人，他馬上就會被懷疑是「馬屁精」或別有企圖。

我們不知道大人允許我們做哪些事情，還有我們能做哪些事情；我們不知道自己的權利和義務。這些在大人眼中全都變成了「不聽話」。

我想回到十歲，擺脫大人灰暗的擔憂與哀愁，但我迎來的卻是小孩的煩惱，而且這些煩惱還更讓我痛苦。

不要被我們的笑聲給騙了。

當我們靜靜的走路上下學，當我們安靜的坐著上課，當我們在說悄悄話或壓低聲音，當我們夜裡躺在床上時，請好好了解我們的想法。

這些想法都是各式各樣的煩惱，它們並不是小煩惱，還帶來更深的感受——是更大、更強烈的渴望。

大人已經對痛苦和妥協麻木，但我們還在反抗。

當我是個大人時，我對小偷只會提防。但是現在，當小偷偷東西時，我是真的感到難過。

「為什麼有人要拿別人的東西呢？怎麼會這樣呢？」悲哀的是，世界無法美好起來。

「嗯，真可惜。」在我還是大人時，我曾經這樣說過。

但現在我真的不希望這樣，我不希望世界是這個樣子。

我也不認為學校教育會有所幫助，因為大人似乎一直在糾正我們，但一點效果也沒有，他們只會讓我們更反感。

弄丟的帽子沒有找到，而每個人都必須付出代價。你得回家告訴大人這件事，然後家裡的人就會立刻指責學校：

「真是一間小偷學校。」或：「那些老師在做什麼？為什麼沒有好好注意呢？」

這樣說也不公平，這怎麼能怪學校呢？老師又沒辦法看著所有事情。但最讓人難過的是，一個人就可以帶來這麼多不愉快和麻煩。

穆德克在等我，因為我找不到外套，於是我們兩個開始一起找。

「你們兩個在這裡探頭探腦的做什麼？」工友立刻問道。

「我們不是在探頭探腦，是有人亂掛我的外套。」

「你沒有把外套掛上去，所以才找不到。」工友回了一句。

「可是我有穿外套來學校啊。」

「誰知道呢？」他說。過了一會他又說：「找到了嗎？你看吧，如果你有掛上去，就會看到。」

「你又沒看見，所以你不知道。」

「別耍小聰明，」他說，「不然你會挨打。」

還要過多久，他們才能不打小孩，也不再威脅小孩呢？因為目前看起來，不打我們的人很少，而且是他們給我們的恩惠。

回家路上，穆德克又談起了他爸爸。

「你可能覺得我爸爸是個酒鬼，只會惹事，但我們家就住著這樣的人，他還會打人，有一次連警察都來了。他回到家，就開始打妻子和孩子，你都聽得見打人的聲音，接著就是哭聲。打完之後，他就會倒在地上——無論有沒有碎玻璃。然後他就開始說：『全都是我的，我這麼辛苦，只要我想，我就砸了它、毀了它、燒了它。』而孩子們會喊：『爸爸，爸爸。』」如果我爸爸這樣，我也不知道該怎麼辦。我爸爸很容易醉，喝個兩杯就不省人事了。

「但他為什麼要喝酒呢？」

「我不知道，可能是習慣了吧。而我，我不會喝酒或抽菸，為什麼要喝毒藥呢？那個東西會灼燒你的嘴巴，也會灼燒你的胃和血液。之前，我甚至開始抽菸了，但有個男孩要我吸一口菸後對著手帕呼出來。你應該看看手帕上那又臭又黃的汙漬，如果我是國王，或是有什麼權力，我會關掉所有酒吧和小酒館。如果沒有這些地方，或許他們就不會再喝酒了。」

我們沉默的走了一段路。

「血液裡有小球，而空氣會進入那些小球。人體的構造真奇妙，沒有一台機器像這樣。如果不幫手錶上發條[21]，它就會停止運轉，但一個人卻可以活十年、一百年都不用上發條。我在報紙上讀到，有人甚至活了一百四十歲。」

我們開始聊人的年齡，接著說到了退伍軍人，他們還記得起義的事情。

---

21 作者生活的年代，手錶為機械錶，需要在固定的時間幫手錶上發條，才能維持運轉。

「你想成為老兵嗎？」

「不，」他很快的回答，「我想要當十五歲或二十歲的人。」

「那也許你的爸爸媽媽就不在了。」我說。

他想了又想，哀傷的說：

「那還是現在這樣就好了。」

我們跟對方說再見，握了握手，也互相看了一眼。女生在道別時都會互相親吻（即使她們不太喜歡對方）；而我們男生比較真誠。但或許這只是她們的習慣。

接下來呢？

其實也沒什麼事情，就是要寫各種回家作業。

體育課時，老師教了我們一個新遊戲。我們分成兩隊，畫一條線當成界線，一隊站在線的一邊，另一隊站在另一邊，兩隊都互相拉另一隊的人——一個對一個，直到其中一個人被拉進敵營。一開始有人亂玩，彷彿他們比較想加入另一邊，不然就是有人被拉過界線之後又掙脫，說別人犯規。但後來遊戲就進行得很順利，也很好玩。

我們請老師讓我們一直玩到下課鐘響，但是老師說不行。對此，我是怎麼想的呢？

我覺得，最好挑幾個大家都喜歡的遊戲讓大家玩。我們已經玩了好幾年的鬼抓人、棍子遊戲和角力遊戲，而現在還有足球，這些遊戲怎麼可能會突然變得無聊呢？可是現在每次上課都要玩新遊戲，我覺得很煩，因為你沒辦法把一個遊戲玩得徹底。這樣或許可以了解遊戲的基本規則，但你得玩好幾週才能徹底掌握它——所有困難的地方、可能性，還有哪些動作算犯規、哪些不算。

大人似乎認為，小孩都喜歡新的東西，童話故事也是。這是真的，的確有些小孩會扮鬼臉說：「呃，這個我們已經知道了。」不過，問問題的時候，本來就會有人擺出不高興的表情、覺得沒意思、說他比較想聽別的故事，但是好故事和精采的童話，可以讓我們聽好幾次都不膩。大人自己也會去電影院看同樣的電影，甚至還很常去；而小孩很少是為了炫耀，說他聽過幾次這個故事，我們其實更想好好了解這些故事。

體育課的遊戲很好玩。

然後督學來到我們的數學課。

他們說，即使沒有人注意，你也要努力，沒有人盯著你的時候也要好好表現。但他們自己並沒有經常這樣做。

督學來的時候，每個人都變得很努力，校長和全校立刻變成了楷模。我不知道他們到底在害怕什麼，因為督學很親切；他很讓人喜愛，看起來就跟普通人一樣。

他要我們計算鉛筆盒的體積，但是卓斯多夫斯基太緊張了，沒聽清楚，於是就問：「午餐盒的體積？」

我們原以為督學會生氣，老師之後會對我們發火，但他只是笑著說：

「你一定是在想吃的，你應該胃口很好喔。」他說。

大家開始大笑，但都把問題答得很好，老師也說我們很棒，這堂課真快樂。

而且這天還是老師的生日。天氣非常冷，我們想用松樹的枝條裝飾教室，可是我們沒有枝條。我們還想寫一張卡片給她，但大家開始吵架，結果什麼也沒做出來。這本來應該是全班一起完成的任務——有人負責寫卡片，其他人在底下簽名。一開始大家決定每個人出五分錢，但誰要負責買禮物？又要寫什麼呢？結果都沒有做成。我們只畫了幾張畫放在她的桌上，並在黑板上寫：「最棒的祝福！」

我們想加上：「祝老師幸福健康。」

有人還提議：「祝老師找到帥氣的老公！」

他們想了很多胡鬧的話，但我們不同意。我們還得快一點，趕在上課以前完成。

老師看了看，只微笑了一下，她應該很感動，因為那節課沒上正課，只有唸故事。她拿出一本小書，叫做《我們的小孩》，為我們唸了一整堂課。

這樣很好——但是也讓人哀傷。

唸到一半停下來發表意見或解釋內容，總讓人覺得不開心。有認真聽的人大概都聽得懂；如果有人不懂，他之後也會弄懂。

但總是有人喜歡問問題，其他人會因為被他打斷而感到煩躁。很少有人是真的想知道答案，問問題的人大多只是想炫耀。他假裝不懂，只是想讓自己顯得勤奮好學。

如果故事不是很吸引人，就儘管去解釋和打斷吧——這樣時間會過得比較快——但如果故事很有趣，我們就會擔心老師唸不完。就算有些地方你沒辦法完全理解，也會讓你更好奇。

不過老師最後還是唸完了整個故事，打鐘前她才感謝全班送她的生日祝福。

我知道這是為什麼。如果在一開始上課就感謝全班，她擔心大家會開始講話，讓她沒辦法唸故事。老師們害怕班上的每一個喜悅、每一個哄堂大笑。很可惜，但似乎就是這樣。

我們玩了不同的遊戲——這是一整個星期中，最快樂和愉悅的事。但是令人難過的事情（無論大小）卻有很多。有些事情是個人的，有些則是為別人感到難過，因為同情而產生的。

為別人感到難過，或是看見別人過得很辛苦時，我們這些孩子會感到很痛苦。

老師把赫斯幾乎全新的作業本撕了，因為他寫得很隨便。不過，與其說是因為他寫得很趕，不如說是因為他媽媽生病了，他在家裡有很多事情要做。他甚至不想寫功課，不過他怕老師會生氣，結果反而更糟。老師剛好心情不好，於是說：

「這位學生竟然這麼不知羞恥，敢把這麼亂七八糟的東西交給老師……。」

然後就撕掉了那本幾乎全新的作業本。

我不是很喜歡赫斯。他坐在別的地方，我很少見到他或是跟他說話。他在玩遊戲和開玩笑的時候都很野蠻，他應該也很窮。但是我很驚訝，這是我第一次看到他哭。眼淚從他臉上滑落，他垂頭喪氣的坐在座位上。我看了他一眼，接著是第二眼，然後在下課時走到他旁邊。

當我是老師的時候，我很驚訝的看到，如果有學生被懲罰，無論是否有正當理由，所有學生都會立刻圍上前去，想辦法讓那位學生開心起來。即使是平常最不聽話的學生，也會突然加入聽話的學生，彷彿他們是一國的，打算對抗我。我會說：「不要跟他玩，不要跟他握手。」但他們不會聽我的，而是做出完全相反的事。

現在我才明白原因。

老師只會指責，總得有人出來辯解。

因為大家都知道，就算什麼也沒說，他也有為自己辯護的說詞。在大人的世界裡，就算是最可怕的罪犯，也會有辯護律師。

他亂寫作業，這點很奇怪。即使是最懶惰的人，或是最不把作業當一回事的人，一開始也都會花點心思。

怎麼回事？

因為他媽媽病了。如果他平常就寫得不好，現在肯定寫得更糟。有一些學生很想寫好，但無論如何就是寫不好——不是因為便宜的作業本紙質不好，就是因為筆尖磨損，還有吸墨紙髒了。

我正好有一本新的筆記本，所以我把它送給赫斯。赫斯非常高興，說這樣就不用請爸爸買作業本了。赫斯的家人生病了，家裡過得很辛苦。

赫斯以前跟我有過幾次不愉快，但我現在知道他以後不會再這樣了。我們可以保持距離，但發生困難時，你必須幫助別人。

還有另一件因為同情別人而感到傷心的事情：

新來的衛生稽查員在克魯克的襯衫上發現了一隻虱子，那位稽查員馬上就開始罵我們。不只罵克魯克，而是罵全部的人——說男生都不洗澡，說男生的爪子都很長，也不把鞋子擦亮。

（所以，小孩的指甲就叫「爪子」，而大人的就是「指甲」。）

她為什麼不說，只有一個男生身上有虱子呢？為什麼要牽扯到全班？為什麼要讓那個同學難堪，把他弄哭呢？這種事本來就可能會發生，他身上的虱子也不知道是從哪裡來的。我們身邊的人不一定都很乾淨，我們坐在一起，外套也掛在一起。要是有客人來家裡住，他可能就會染上。而且，小孩也經常在戶外活動。

但是稽查員卻馬上開始攻擊和侮辱人，甚至把我們的媽媽都牽扯進來——她根本沒有權力這麼做。

不僅如此，那些馬屁精為了討好老師，竟然也大肆批評了一番——各種嘲弄和恥笑。那種令人反感的笑聲只會傷人、讓人生氣。

擦亮鞋子？好吧，那你還得準備刷子、鞋蠟和布。如果刷子的毛都掉光了，還能怎麼辦呢？而且一小罐鞋蠟就要二十分錢。你可以用口水代替個幾次，但是到最後，即使用了鞋蠟也沒有用。

我們又不能自己決定所有的事情。

更糟的是，穆德克的鞋子太緊了，所以腳起了水泡，走路也跛得更厲害。我的外套很大，他的外套更大。

他在家裡什麼都不敢說，因為家人會對他大吼大叫。這雙鞋子已經很大了，他們當初還想買更大的呢。

「我不知道為什麼會這樣，大概是因為人不會老是按照同樣的速度長大吧。

「之前有一雙鞋子穿壞了，壞的時候還太大。那時我的腳都沒有長大，但是在過去半年裡卻突然長得非常大，我都不知道這是怎麼回事或什麼時候發生的。我現在穿什麼都很緊，根本沒辦法運動，因為我擔心會裂開——所有東西都在裂。老師很生氣，說我不彎腰、沒有好好伸直手臂、走路姿勢不對；但是他都沒有花時間看我的穿著有多麼不合身。」

「那你打算怎麼辦？」我問。

「我不知道……等到我沒辦法走路的時候，家裡的人就會注意到了吧。然後，該怎麼辦就怎麼辦。他們可能會對我大吼，甚至修理我。但是長大也不是我的錯吧？我總有一天不會再長的。」

然後，我們說起有人會給小狗喝威士忌，來阻止牠長大，也許這就是為什麼會有矮種馬[22]的原因，因為他們餵牠們喝酒。去年有一隻很可愛的小矮馬，還拉著馬戲團的海報走來走去。

「你有看見牠嗎？」

「當然有。」

「在哪裡？新街嗎？」

「不，是在馬歇爾大道。」

大人很驚訝小孩之間會吵架，即使我們看起來很團結。是這樣沒錯，有兩個陣營：大人和小孩。陣營之間會對抗，人跟人之間也會對抗。只有穆德克是我真正的朋友——但是我也不知道能跟他當多久的朋友……。

我最大的煩惱是在學校過得不開心。我正在遺忘我還是大人時所知道的事情，所以我再也不能上課不專心了，我必須專心聽講、好好寫作業。

回答問題對我來說很難，我不確定自己是不是真的知道答案，而且我擔心會說錯。當老師望著全班，準備叫某個同學回答問題時，我的心跳就會變得不一樣。或許不是因為我害怕，但我還是不太開心。這就像審問——雖然你不一定有罪，但誰知道結果會是什麼呢？

這不是我一個人的事，而是整個班級的事。當全班都理解上課內容的時候，你回答的方式就不太一樣；但是當全班都不懂，你就會用另一種方式回答。老師沒有耐心，只要有同學說了蠢話，後面的人要給出正確答案就更難了。

22 小型馬的總稱，跟一般馬相比，腿比較粗短。

這就是為什麼有時候很順利，連最差的學生都能理解，但也有不順利的時候，這時全班似乎都變成了一群呆頭鵝。當然，除非有人根本不在乎，開始用自己的方式回答。這時他就會感覺班上有人在跟他作對，不希望他答對，只想等著看他被難倒。

空氣中都瀰漫著這樣的話語，好像在說：「答錯吧、答錯吧。」

真可惜啊，我不知道、我不理解，我也無法理解。為什麼我必須理解呢？真的是因為我不專心嗎？這個世界真的容不下資質比較差的孩子嗎？

老師叫我到黑板前。這是揚眉吐氣的機會，但我的腦袋一團混亂，只剩下：「你會再拿一個零分。」

別人知道怎麼拖延時間，或是裝作若無其事，或變得柔順、惹人同情，或是懂得利用機會偷聽別人提示的答案。他看起來像是在獨自解題，但其實是在等著看老師會說什麼，或者期待緊要關頭時會發生事情，然後他就解脫了。

每個人都有自己的方法來擺脫困境，我也是。但老師已經記住我了，我不是說她在故意針對我，但她盯著我。

同學用手指示意時間到了，下課鐘聲即將響起，但這對我沒有幫助，因為老師不是在打鐘後把我留下來（這樣更糟），就是不給我成績，然後記住這次的錯誤。

「答錯了。」

我自己也知道是錯的，我只是想知道她是會生氣，還是取笑我。但結果比這些更糟。

「你怎麼了？」她用責備的口氣說。

「你變得非常粗心，上課時不專心，字也寫得很潦草——你完全沒有重視自己，而這就是結果。昨天我們已經寫過類似的題目，如果你當時有專心上課……。」

一切都完了。

對，沒錯，我變差了。對，我們會變差，但也會改進，這些都不是沒有原因的。不知道別人在想什麼，或是有什麼感受的人，就會輕易的評斷。

於是，一切都結束了。

老師不喜歡我了，她也對自己犯的錯感到懊惱。最好還是一開始就當個陰沉無趣、不受注意的學生，這樣比較安全、比較簡單，也比較自由，因為老師對你的要求就會比較少，你也不用努力表現。

我低下頭，用眼角餘光偷偷看她，因為我不知道她是覺得難過，還是不再喜歡我。

老師永遠不會說她喜歡誰，但你感覺得出來。她喜歡你的時候，聲音完全不一樣，看你的方式也不一樣，雖然有時她也會嫌棄你。

那時你真的會很難受，你就是忍不住。你也可能會開始在心裡反抗：我有什麼錯呢？

上次解題的時候，巴蘭斯基想到了一個愚蠢的笑話，還拿柳橙皮朝我的眼睛擠。我的眼睛很痛，但我悶不吭聲，只是擦了擦眼睛。

老師卻說：「你在做什麼？你不專心上課……。」

我當然不會告訴她發生了什麼事，這種事難道只發生過一次嗎？

有人捏你一下，你尖叫跳起來，這時候有問題的就是你。

老師都不知道，我們有多麼害怕那些他們口中「表面上很安靜」的人。這些人想做什麼就做什麼，卻不會有什麼後果。如果這種人剛好坐在你隔壁，或是坐在你後面，你就倒楣了。這種人永遠不會看時間、看狀況。

有一次，我自己也有點責任。

我坐在座位上上課，接著發現史查文斯基的背上有個粉筆手印。有人在下課時用手抹了抹板擦，然後碰了他。史查文斯基並不知情，但他的背上就是有個手印。

於是，我想看看那是左手印還是右手印。我原本只想遠遠觀察，卻不小心碰到他。他轉過頭來，結果老師因為他轉頭而大聲罵他。

這時維斯涅夫斯基說：「哇，他的手掌好大啊。」

老師開始質問我。我伸出乾淨的手給她看，但是她說：「你們兩個都去角落罰站。」

我們罰站的時間不長，但重點不是這個。很可惜，他們總是飛快的處理我們的問題，隨便用一套老方法。對大人來說，我們的生活、我們的煩惱和困境，似乎只是附加的問題，附加在他們自身真正的問題上。

人生似乎分成兩種，一種是他們的——嚴肅、值得尊重；一種是我們的——像個笑話。因為我們比較弱小，所以就像一場遊戲，這就是我們被忽視的根源。

孩子是未來的主人翁，所以孩子的未來才重要，孩子的現在彷彿還不存在。但事實就是，我們已經存在了，我們在生活、感受、受苦。

我們的童年歲月——這些真的都是一年又一年的人生。

為什麼？為什麼大人要我們等待長大？

大人會為老年做準備嗎？他們就沒有任意揮霍自己的精力嗎？他們會願意聆聽老人的

埋怨和告誡嗎？

我在成年的灰暗人生中，想像童年那五彩繽紛的歲月，所以我回來了，我被回憶給欺騙，於是又重回了童年的灰暗日子。我什麼都沒有得到，反而失去了成人冷漠的盔甲。

我很傷心，感覺糟透了。

我要結束這個奇怪的故事。

事情發生得很快，一件接著一件。

我把瑪麗寫的卡片帶去學校給穆德克看。

但是維斯涅夫斯基搶走了我手裡的卡片。

「還給我。」

他跑走了。

「還給我，你有聽到嗎？」

他一邊笑，一邊穿過教室裡的座位。

「馬上還給我。」

他的手在空中揮，大喊：

「三連發的女朋友寫信來嘍！」

我搶過他手中的卡片，捏成一團再撕成碎片。

我沒發現有個碎片掉到地上，我被他激怒，帶著受傷與憤怒。

但是維斯涅夫斯基說：「你們看，她親他一兆次吔！」

我跑過去——砰！一拳打在他臉上，然後校長抓住了我的手。

沒錯，這個學生被寵壞了。他很會畫畫，也很會寫文章，但是現在他不專心上課、非常難管教、作業也寫不好，要打電話給他媽媽。

「你給我等著，等你爸爸下班回來，你不會再有零用錢去看電影了。」

我處處受攻擊。

周遭都是憤怒的話語、憤怒的眼神，我感覺還會有更可怕的事情。

我知道穆德克想逗我開心，但我開心不起來。我粗暴的推開他，毫不考慮的就把錯都推給他。

「都是你害的。」

穆德克驚訝的看著我。

「為什麼？怎麼會？」

都是因為那張明信片。

我討厭瑪麗，她笨死了，自以為漂亮。她跳了一整晚的舞，還翻白眼。

可惜她住這麼遠，我要對她洩憤，我要打她，我要把她的蝴蝶結丟進水溝。

我要把花盆裡的植物拔出來……然後丟到窗外。艾琳淚汪汪的，她感覺到發生了可怕的事情。

最好不要擁有任何人和任何東西。

你在哪裡，派奇？

不，我要那隻狗做什麼？就讓巴克維茲高高興興的養牠吧，他用十分錢買的，就讓牠舔他的手。

我毀掉了所有紀念品，我要跟這個世界一刀兩斷。

只剩我一個人了。

媽媽呢？

她親口說不想認我這個兒子，她只有小艾琳。沒有我，就是沒有我。

我是個丟臉的壞孩子，大家都排斥我。我受夠了這個人生，一切都結束了。

什麼都是虛假的。

「他非常難管教，作業也寫不好。」

還有老師、派奇、媽媽。

我跑上閣樓，坐在房門前的階梯上。我的心裡空空的，周遭的一切也空空的。

我不再想事情，而是深深嘆了一口氣。

一個小人突然出現，他攀過門的裂縫、甩著提燈。

「噢！」

他摸摸白鬍子，沒有說話。

他在等待。

我帶著眼淚，不抱希望悄悄的說：「我想再當大人，我好想再當大人。」

小精靈的提燈在我眼前閃動。

接著我坐在書桌前。

桌上有一大疊作業本要批改。

我的床前有一張褪色的地毯。
窗戶很髒。
我伸手拿起第一本作業本。
第一頁就有一個地方寫錯了。
「桌子」的英文「table」寫錯了，寫成「tabul」。但是u被劃掉，上面寫了一個e，而e又被劃掉，上面又有一個u。
我拿起批改作業的紅筆，在紙張邊緣寫「tabul」、「tabul」……。
真可惜，但是我並不想回去。

（完結）